CHRISTOPHER DIEHL

ZEHN JAHRE BEZAHLTER URLAUB
Eine Novelle aus dem Studentenleben

Herstellung und Verlag: BoD - Books on Demand, Norderstedt

ISBN 978-3-8370-9472-5

Zehn Jahre bezahlter Urlaub
Eine Novelle aus dem Studentenleben

von Christopher Diehl

Novelle1

Zuordnung

Christian hat es geschafft! Nach seinem hart erarbeiteten Abitur auf dem 2. Bildungsweg, kann er endlich studieren. Zugegeben: er fängt zu einem Zeitpunkt damit an, an dem andere schon längst fertig sind bzw. schon längst wieder aufgehört oder besser gesagt, aufgegeben haben. Das Schicksal schickt ihn an einen Studien-Ort, den es ihn nur scheinbar selbst wählen lässt: Die Residenz der ältesten protestantischen Universität der Welt. Die Stadt hat zwar wenig Weltgeschichte geschrieben, aber dafür werden umso mehr kleine Geschichtchen über Marburg erzählt. Aber Christian interessiert das eigentlich gar nicht: Er will nur seine Geschichte erzählen.
Die Geschichte einer Zeit, aus der große Veränderungen hervorgegangen sind, vollgepackt mit herrlichen Anekdoten und Schnurren – findet Christian jedenfalls.

Und so beginnt er:

Die Universität. Unendliche Weiten.
Wir schreiben das Jahr 1995.
Dies sind die Abenteuer
von Christian S.,
der mit 400 Kommilitonen zehn Jahre
lang unterwegs war, um neue Welten zu
erforschen, neues Leben und neue
Zivilisationen kennenzulernen,
und dabei ganz nebenbei einen halbwegs
vernünftigen Abschluss zu machen.
Viele Lichtjahre von seiner Heimatstadt
entfernt, dringt er in Räume vor, die
schon viele vor ihm betreten haben...
"Satirisch, humorvoll, besinnlich
und voller Anekdoten"
Meint Christian jedenfalls!

Für die Freundschaft und für Fee

ZEHN JAHRE BEZAHLTER URLAUB

Novelle1

Und was muss man noch so wissen?

Magister Artium/Magistra Artium (M. A.)
„Magister Artium bzw. Magistra Artium (M. A.) (Lehrer/in der „Freien" Künste) ist ein akademischer Grad. Das Magisterstudium ist traditionell ein Studium geistes-, kultur- und sozialwissenschaftlicher Fächer und führt nach einer Abschlussprüfung zur Verleihung des akademischen Grades Magistra Artium/Magister Artium (M. A.). Dieser Grad bezieht sich auf die in der Antike vorgebildete und durch das gesamte Mittelalter hindurch tradierte Auffassung von den Disziplinen der Grundlagen-Wissenschaften als den „septem artes liberales", den sieben freien Künsten. Er bedeutet somit „(Lehr-)Meister der Wissenschaften" und ist nicht auf künstlerische Gebiete beschränkt. In der Folgezeitübernahm man diesen Grad für alle sich weiter selbständig etablierenden

6

Fächer mit „philosophischer" Grundlage, z. B. die Philologien oder die archäologischen und geschichtswissenschaftlichen-Fächer.
In Deutschland wurde der Grad 1960 wiedereingeführt, um die Universitäten zu entlasten,
an denen die Studenten nachdem Studium oftmals promovierten, um überhaupt einen Grad zu erlangen. Bis zur Umstellung auf Bachelor- und Masterabschlüsse war es an vielen Universitäten zunehmend möglich, auch Fächer wie Informatik, Betriebswirtschaftslehre oder Rechtswissenschaften, die nicht dem klassischen Bild eines Magisterstudiums entsprechen, als Magisterfach zu studieren. Wenn diese Fächer als erstesHauptfach (also indem die Magisterarbeit geschrieben wird), gewählt werden, nennt sich der Abschluss Magister/Magistra Scientiarum Mc, dh. „Lehrer/in der (Natur-) Wissenschaften".
(Aus Wikipedia, der freien Enzyklopädie)

Marburg

„Die Universitätsstadt Marburg ist die Kreisstadt des Landkreises Marburg-Biedenkopf in Hessen. Sie liegt am Ufer des Flusses Lahn. Seit dem 12. Jahrhundert hat Marburg Stadtrechte. Heute erfüllt es die Funktion eines Oberzentrums in der Region Mittelhessen. Sie hat als größere Mittelstadt (wie noch sechs andere Mittelstädte in Hessen) einen Sonderstatus (Sonderstatusstadt) im Vergleich zu den anderen kreisangehörigen Gemeinden, das heißt sie übernimmt Aufgaben des Landkreises, so dass sie in vielen Dingen einer kreisfreien Stadt gleicht.
Marburg besitzt mit der Philipps-Universität die älteste noch existierende protestantisch gegründete Universität der Welt, welche auch heute noch durch ihre Bauwerke und die Studenten das Stadtbild prägt. Das Stadtgebiet erstreckt sich beidseits der Lahn westlich ins Gladenbacher Berglandhinein und östlich über die Lahnberge hinweg bis an den Rand des Amöneburger Beckens. Den Namen „Marburg" verdankt die Stadt dem Umstand,

dass hier früher die Grenze („mar(c)")
zwischen den Territorien der Landgrafen
von Thüringen und derErzbischöfe von
Mainz verlief."(Aus Wikipedia, der
freien Enzyklopädie)

So, jetzt wissen Sie eigentlich
alles, was Sie wissen müssen,
Ich wünsche ihnen viel Spaß.

„Aber eines können Sie mir glauben:
diese Geschichte muss erzählt werden!"

Prolog

Hallo, und schön, dass sie da sind.
Mein Name ist Christian,
und ich möchte ihnen eine besondere
Geschichte erzählen.

Alles begann in Jahre 1994. Ich
besuchte, an einem Samstag im
September, mit einer damaligen Liebe
ihre Studienstadt. Es war eine sehr alte,
ehrwürdige Universitätsstadt, wie aus
dem Bilderbuch. Damals ahnte ich
natürlich nicht was dort alles mit mir
und anderen passieren sollte.
Ein Jahr später, im Dezember 1995,
war mein letzter Tag auf dem
Abendgymnasium, und ich hatte es
tatsächlich geschafft, mir auf dem 2.
Bildungsweg doch noch ein
Abiturzeugnis zu besorgen, das ich
zuhause an die Wand hängen konnte.
Doch zuerst einmal nahm ich mir die
Wand der Schule vor.

„WIR SIND HELDEN – Abi AGW 95!

Schrieben wir in kühnem Vorgriff auf Judith Holofernes in schwarzen, großen Buchstaben dorthin, ohne daran zu denken, dass ein Graffiti mit Unterschrift und fast der kompletten Adresse nicht ganz ungefährlich sein könnte. Egal, irgendwie hat das damals niemanden gestört, und der Satz steht heute noch da. Es war das Ende eines Lebensabschnittes, in dem viel passiert war, aber das wäre eine andere Geschichte.

Ich will die Geschichte erzählen, die hier begonnen hat, und verspreche schon jetzt, dass ich nichts auslassen werde. Wobei ich natürlich bei vielen Sachverhalten und den dazugehörigen Personen nicht immer so ins Detail gehen kann, wie ich das eigentlich gerne möchte. Das ist eine Sache der Diskretion. Und außerdem können Sie mir ja immer noch eine Mail schreiben, wenn Sie von irgendetwas alle pikanten Details erfahren wollen…
Ach was, am besten ist es, wenn Sie sich ihren Teil einfach denken, und ein wenig zwischen den Zeilen lesen.

Zunächst suchte ich einen Ort, an dem ich meine erworbene Freiheit ausleben konnte, und ließ mich wie auf dem Surfbrett paddelnd durch die Welt der Universitäten treiben, in Kiel, Hamburg, Oldenburg, Kassel anspülen, und schließlich auf einer gewaltigen Welle sogar bis Gießen – aber umsonst, nichts und niemand hatte mich am Ende so richtig überzeugt. Irgendjemanden hörte ich sagen:
" Viele Städte haben eine Universität, Marburg ist eine".
Ich-erinnerte-mich…
„Die Uni-stadt wie aus einem Bilderbuch"
Und schon traf ich an einem sonnigen Herbsttag dort ein. Ich lief durch die verwinkelten Gassen, wanderte durch den Alten Botanischen Garten, und überquerte die Biegenstraße in Richtung Lahn und Mensa. Ich sah mir alles an, und ich wollte diesen Ort gar nicht mehr verlassen.

Ein gutes Zeichen?

Auf einmal hatte diese Stadt viele
Namen:
*„Paradise City", "Rebell
Town", "Tortuga",*
bekam ich zu hören. Und immer
deutlicher hörte ich dahinter den Namen
meiner künftigen Studienstadt, der für
mich nun immer märchenhafter klang:
Marburg an der Lahn.
Ich hatte einen magischen Ort gefunden,
wo ich glaubte, alles machen zu können,
was ich schon immer machen wollte.
Mein freier Geist
begann sich zu entfalten.

*„Diesen Ort hatte ich gesucht und
gefunden. Ich ahnte ja nicht was mich
hier erwarten sollte…"*

Lyrisches Intermezzo

„Wir schaun über die Dächer,
ich schreib dein Namen in die Nacht,
hey, wir brauchen nicht mal Worte,
denn es reicht schon, wenn du lachst.
Aus Sekunden werden Stunden
und ich weiß es klingt verrückt,
doch wenns ganz hart kommt,
drehn wir die Zeit zurück.

Warum, warum, warum ist doch egal,
denn heute Nacht sind nur wir zwei
wichtig.
Warum, warum, warum ist doch egal,
warum ist jetzt egal.
Warum ist doch egal. "

Juli, „Warum "

1. Jahr 1996

Ich bezog ein Zimmer
im Studentenwohnheim, Christian Wolff
Haus 1. Stock. Dort gab es neben mir
natürlich auch noch andere Studenten.
Mediziner zum Beispiel die gerne von
ihren Kursen beim Abendessen in der
Küche erzählten. Besonders beliebt
waren die Erzählungen über den
Präpkurs, in dem man Leichen zu Leibe
geht, die einen schon dazu brachten
lieber in die Mensa zugehen als den
Geschichten zuzuhören. Ich aber hatte in
der 1. Woche eh etwas anderes zu tun.
Ich besuchte die Orientierungswoche,
dort lernte man das System kennen:
Seminare, Prüfungen etc. und ich lernte
schnell. Eine Woche später hatte ich
mich für 10 Kurse eingeschrieben, 5
davon mit Leistungsnachweis und war
Mitglied der Fachschaft.

Ein voller Erfolg!

An meinem ersten Tag, es war natürlich
der Montag, es war der dritte Kurs an
diesen Tag, wurden die Referate

vergeben. Der Kurs hieß
*„Nachrichtensendungen im
Fernsehen"* fand im Hörsaal statt und
war voll...sehr voll. Es war
wohlgemerkt ein Seminar.
Weit über 200 angehende Medien
schaffende drängten sich im Saal.
Mit fünf davon,
meist Frauen, bildete ich eine
Referatsgruppe.
Eine davon sollte eine besondere Rolle
spielen... Karen. Sie war 20, mittelgroß,
schlank, blond und...im 2. Semester.
Dies war nun die erste Begegnung mit
ihr, wir sollten noch sehr viele
zusammen haben, aber das wusste keiner
von uns beiden, an diesem
Montagabend, in Hörsaal H der
Philosophischen Fakultät,
kurz Phil Fak genannt.
Karen sollte mich lange begleiten, sehr
lange. Doch für das erste hatten wir
dieses Seminar und ansonsten machte
jeder seine Sache.

Ich sollte das Sommersemester mit
jemanden anderen weiblichen
verbringen. Sie saß in einem Ethnologie
Seminar, war Mitte 20, hatte hennarote

lange Haare, war eine freche Berlinerin
und hieß Anja. Anja studierte eigentlich
Medizin war aber „voll interessiert".

Wir verstanden uns auf Anhieb.
Wir verbrachten viel Zeit miteinander,
fuhren mit ihrem blauen Golf durch die
Gegend, hörten „die Ärzte",
gingen in die Kneipe und waren einfach
auf der gleichen Wellenlänge.
Ich war voll dabei,
bei allem was sich mir bot.

An viele Dinge aus dieser Zeit kann ich
mich kaum noch erinnern, einfach weil
alles an mir nur so vorüberzog. Aber nun
war der Tag gekommen, an dem ich zum
ersten Mal an anderen vorüberziehen
sollte, der Tag meines ersten
„Studentenumzugs".

Es war irgend so ein unnötiger Feiertag,
katholisch natürlich. Ein katholischer
Bischof besuchte mit seiner riesigen
Mütze die Hochburg des
Protestantismus, um an der Feier eines
Verbandes von Burschenschaftlern
teilzunehmen, die wiederum
sehr kleine Mützen trugen.

In Marburg kannte ihn jeder, denn jener
Bischof war ein paar Jahre zuvor sehr
schnell zu Fuß durch die Oberstadt
gelaufen, ja, regelrecht gerannt sogar.
Eine Gruppe von Studenten war hinter
ihm her, die wohl nichts Gutes von ihm
wollten, wollen wir es mal bei dieser
Beschreibung lassen. Irgendwann auf
diesem unfreiwilligen Stadtlauf mit
Mütze kam ihm dann in der
Universitätsstraße glücklicherweise eine
Gruppe von Polizisten entgegen,
was damals seine Rettung war.

Also:
Grüne Mützen retten weiße Mütze,
die braune Mützen besucht,
vor roten Mützen.

Nun war er wieder da!
Verschanzte sich in der Stadthalle
mit ungefähr 500 Kooperierten
die sehr belustigt auf die Menge vor der
Stadthalle schauten.
Ich mitten drin,
meine Fachschaftsfreunde und ich hatten
uns voll ausstaffiert:

Trillerpfeife und eine Schärpe aus Toilettenpapier waren unsere Werkzeuge der Provokation.

Da der Bischof so ziemlich gegen jede Randgruppe war, kamen auch dementsprechend viele zur Demo.
Als Höhepunkt viel jemand ein, man könnte ja Tampons als Wurfgeschosse benutzen.
In rotem Farbe gedrängt waren sie besonders Flugtauglich und trafen die in Gardeuniform auf dem Balkon stehenden Burschenschaftler auf die selbigen.

-Ein Superspaß für beide Seiten-

Nach 2 Stunden Spaß und Tollerei war alles vorbei. Ich ging zum Parkplatz an der Lahn, und wollte dort zu dem Ge-fährt, das ich scherzhaft wie Philipp Marlow „meinen Wagen" nannte. Eine Gruppe Burschenschaftler starrte mir hinterher, folgte mir mit ihren Blicken. Ich wusste zunächst nicht, was sie von mir wollten, doch dann fiel es mir doch auf: Ich trug noch die Schärpe aus

Klopapier um meinen sportlichen Leib,
der nun langsam zu zittern begann.
Ganz alleine standen wir da, und mit uns
meine ich mich, die Lahn und die Sky-
line von Marburg. In der Abendsonne
leuchtete das von mir gebastelte Symbol
der Provokation. Nur allzu verständlich,
dass die Burschies das nicht so witzig
fanden wie ich, und sich mir mit lang-
samen Schritten näherten. Keine Ahnung, was sie vorhatten, so genau wollte
ich das auch gar nicht wissen. Einen
Moment dachte ich, das sei doch eine
gute Gelegenheit für eine ausführliche
Diskussion, im Sinne der Völkerverstän-
digung, dann entschloss ich mich doch,
lieber etwas schneller zu gehen. So kam
ich ziemlich schnell zudem bereits er-
wähnten Auto, konnte sogar noch vor-
glühen, denn es war ein Diesel, während
sich mir meine neuen Kameraden unverzüglich mit immer schnelleren Schritten
näherten. Aber so schnell sind diese alten
Burschenschaften eben doch nicht...
der Diesel sprang an, und ich konnte der
Szene entrinnen.

Im Rückspiegel sah ich noch,
die immer kleiner werdenden,
Verbindungsstudenten.

Nur gewunken haben sie nicht.

Ich fuhr zum Wohnheim, es war
inzwischen Nachmittag, Anja wartete
schon auf mich wir waren verabredet
und grillten vor dem Haus.
So sah also ein besinnlicher Feiertag in
Marburg aus. Genau mein Geschmack
dachte ich und holte mir noch ein Steak
vom Grill.

Dann kam der Sommer, und mit den
wärmeren Temperaturen nahm auch
meine Lust zu, mich in der Fachschaft
zu engagieren.

Es hatte nämlich die Runde gemacht,
dass unsere geliebten Seminare, bei denen wir uns einmal in der Woche mit
allen gemütlich treffen konnten, in der
Teilnehmerzahlbeschränkt werden sollten. Wir mussten handeln. Wir, das waren in erster Linie mein neuer Freund
Harald, Harald war alter Fachschaftler
Mitte, ende 20, eher Ende 20,

aber ein paar Jahre jünger als ich.
Er studierte Deutsch und Latein auf
Lehramt und keiner wusste in welchem
Semester er war. Ich vermute sogar er
wusste es auf Anhieb selber nicht. Nun
wir schmiedeten eine Schelmerei, wie
wir es später nannten Diese bestand in
erster Linie aus einem fingierten Aushang, der alle Studenten unverzüglich
dazu aufforderte, sich im Sekretariat in
die Teilnehmerlisten für das nächste Semester einzutragen, „dringend und unverzüglich" stand da, und wer zu spät
kommt, der gehe halt leer aus.

Diesen Inhalt hatte Harald, der tatsächlich das komplette Programm auf dem
Kasten hatte, natürlich im besten Büro-
kratendeutsch verfasst, und sogar mit
einem gigantischen Siegelkopf versehen.

Nun, ich weiß was sie jetzt denken…
"Urkundenfälschung!"

"Nein natürlich nicht!
Denn beim genaueren Hinsehen
entpuppte sich das Siegel des Gründers
der Universität als Plagiat
mit einer viel zu langen Nase.

*Wir nannten ihn treffender weise
Lügen Philipp.*

Diesen Aushang hefteten wir gut sichtbar
neben den Fahrstuhl.

Am nächsten Morgen wurde es sehr eng
vor dem Sekretariat. Schon in aller Herr-
gottsfrühe, um 9 Uhr morgens (!) standen dutzende Studenten, die nackte
Angst in den Augen, vor der Tür in einer
Schlange. Mit verklebten, verschlafenen
Augen wie Welpen in einem Strohkorb
blinzelten Sie in eine plötzlich völlig
unberechenbar gewordene Zukunft.
Aber keiner wollte künftigen Generatio-
nen erklären müssen, warum ausgerechnet er oder sie damals nicht in das
allein seligmachende Proseminar
gekommen war.

Ein voller Erfolg und als sich die Sache
klärte, nach einer Woche, wurden die
Schuldigen gesucht und in der
Fachschaft gefunden. Professor P., der
Institutsleiter, ließ über den mürrischen
Hausmeister, der dadurch bei seinem
Frühstück gestört wurde, Harald und
mich zu sich zitieren.

Schon als wir sein verstaubtes Zimmerchen betraten, hielt er uns mit großen Augen und abstehenden Ohren das Siegel entgegen, das den ganzen Zauber erst hatte so richtig echt wirken lassen. Wir grinsten und erläuterten ihm, als kämen wir gerade aus dem juristischen Seminar im Nachbargebäude, dass es sich ja dabei nicht um ein Originalbild handele, und er doch erst einmal genauer hinsehen solle. Das tat er dann auch, nachdem er erst umständlich seine Brille angehaucht und geputzt hatte, und entdeckte die lange Nase des Lügen-Philipp und einen völlig sinnlosen Wahlspruch. Er hüstele…und sagte so etwas wie:

„Das ist eher Satire und wir sollten Uns um einen Job bei einem Satiremagazin nachdem Studium bemühen."
„Die Sache sei damit erledigt."

Und so kamen wir genauso schnell aus seinem Büro wieder heraus wie wir hineingekommen waren. Der Hausmeister war sogar immer noch mit einem Brötchen mit Gurke beschäftigt, als wir an seinem Kabäuschen vorbeimarschierten, und ihm den Lügen-Philipp zeigten.

Das Gerücht von
Teilnahmebeschränkungen war nun gesät
und tief im Gedächtnis der
Mitstudierenden.
Das war Fachschaftsarbeit!

Da sage mal einer:
„Grau ist alle Theorie".

Das Semester (ver)endete nach diesem
frühen Höhepunkt nur langsam, und ich
holte mir alle Scheine, die ich nur haben
wollte. Die Nationalmannschaft holte
sich übrigens gleichzeitig die Europa-
meisterschaft, und wahrscheinlich nur,
weil sich alle rechtzeitig in die richtige
Liste eingetragen hatten. Europameister?
Wir verfolgten das nur über die Bild-
Zeitung des Hausmeisters, die dieser
jeden Tag auf dem Klo liegen ließ. Gol-
den Goal durch …? Richtig! Oliver
Bierhoff, ein Held, ein Volksheld! Am
liebsten hätten wir noch unseren Lügen-
Philipp in die Sammelbildchen hineinge-
schmuggelt, wenn der nicht zu „Lahm"
dafür gewesen wäre…(sic)

Aber in Marburg gab es eine Mitstuden-
tin, welche auch Bierhoff hieß, natürlich mit Nachnamen, und bei genauerem
Hinsehen sogar eine gewisse Ähnlichkeit
mit dem Helden der Euro 96 hatte. Nicht
von ungefähr, wie sich bald herausstellte, denn sie war wohl seine Cousine.
Damit hatte unser Studiengang natürlich
seine Sensation, und war endgültig vor
jedem anderen Medizin- oder Jura- Studium geadelt, ganz zu schweigen von
den Geografen oder gar Theologen.

Wow!!! Die Cousine von Bierhoff!!
Voll abgefahren!
So machte das die Runde.

Ihr immerwährendes Schicksal
war es von da ab, nun immer wieder
Autogrammwünsche
entgegenzunehmen, „Schöne Grüße"
zu bestellen und so weiter und so weiter.

Dumm nur, das sie zwar wirklich seine
Cousine war oder immer noch ist, nur
ihn eigentlich gar nicht kannte. Sie hatte
ihn zweimal in ihrem Leben gesehen und
hatte so gut wie nichts mit ihm zu tun.

Wie konnte dieses Mädchen so an seiner
eigentlichen Bestimmung vorbei leben!
Von uns konnte das keiner verstehen.
Wir saßen vor unseren kleinen Farb-
Fernsehern, betrachten die frische
Fönfrisur von Bierhoff, und warten auf
den einen, entscheidenden Satz:
„Marburg? Da studiert meine Cousine!"

Wir wären sofort durch die Gänge ins
Seminar gestürzt, und hätten Sie über
unseren Köpfen durch ganz Marburg
getragen, wenn das passiert wäre.
Dem war wohl weniger so. Ich befürchte
fast, der Held der Euro 96, wusste und
weiß bis heute, nicht einmal
wo Marburg überhaupt liegt.

Fußballerschicksal eben.

*Madrid, Mailand, oder Marburg...
Hauptsache Italien!*

Zwischen dem Fußball und seinen mit
ihm verwandten Cousinen war mein
erstes Semester wie im Flug vergangen,
und es hatte schon etwas Wehmütiges,
dass man nun den ganzen Studienbetrieb
erst wieder erleben würde, wenn der

Herbst in Marburg einziehen würde, und
unser geliebter Studienort uns wieder in
seinen bleigrauen Farben
entgegenleuchten würde…

Doch zuerst kam ja jetzt der Urlaub. Ich
fuhr mit gleich zwei Studentinnen in die
Sommerfrische, nach Spanien natürlich.
Sie hatten die heute kaum noch
glaubhaften Namen Enja und Hilke,
und waren ein ganzes Semester
weiter als ich.
Trotzdem konnten wir noch ganz normal
miteinander reden, verstanden uns sogar
sehr gut, so gut, dass wir nach viel
Herumgeflachste am Ende wirklich
beschlossen, gemeinsam in den Süden
zu fahren. Und damit war dann auch
schon das Schönste vorbei. Denn wie
sich bald herausstellte, stand Enja auf
mich, und ich stand auf Hilke. Ich stand
allerdings nicht auf Enja, und Hilke
stand nicht auf mich. Das machte sich
natürlich schnell bemerkbar, und verur-
sachte nicht unerhebliche Spannungen.
Die Atmosphäre lud sich schon auf dem
Weg Richtung Süden immer mehr, es
baute sich sozusagen eine galaktische
Schlechtwetterfront auf,

die uns alle an die Wand hauen sollte. Die Spannungen wurden dadurch noch größer, dass Enja und Hilke eigentlich beste Freundinnen waren. Hilke und ich stritten eigentlich nur noch, und so fuhren wir nach 2 Wochen, in denen in Spanien die Sonne buchstäblich über uns lachte, schweigend zurück nach Marburg, und gingen vom Auto weg getrennte Wege, als für in alle Ewigkeit geschiedene Leute.

War wohl doch keine so gute Idee gewesen...

Im Angesicht dieses geplatzten Sommers freute ich mich beinahe schon auf den Herbst, und hatte mir diesmal vorgenommen, die Orientierungseinheit zu organisieren. Ich war also auf einmal ein sogenannter „Teamer", der den staunenden Erstsemestern erklärte, worauf es im Studium ankommt, als hätte er noch nie etwas anderes gemacht. Studienordnung, Scheine, Seminare…das ganze Programm, im Schlaf hätte ich das alles aufsagen können. Ja, und wofür tat man das alles? Für nichts!

Also, außer der Stadtrallye vielleicht,
die war natürlich lustig...
aber vor allem für uns Teamer.

Und allen, die uns dabei schlechte
Absichten unterstellen wollen, sage ich
gleich: Nein, wir haben natürlich keine
Ersti-Witze gemacht.

Nein, dafür ist leider kein Platz in dieser
ernsthaften Veröffentlichung. Sie haben
bis hierher geblättert, und schon das
nicht existierende Inhaltsverzeichnis
nach diesem Stichwort durchsucht?
Also gut...Fangen wir doch mal mit den
Kleiderketten an.
Die Gruppe, die die längste Kleiderkette
knotet, bekommt einen Superpreis wie
z.B. einen Verzehrgutschein für die
Kneipe.

Da legt man sich als angehender Dip-
lom-BWLer doch voll ins Zeug, und
reißt sich sein letztes Hemd vom Leib,
bis auf die Unterhose geht das, wenn es
halt sein muss.

Eine Riesengaudi - für die Teamer!

Aber nicht bei uns, dachten wir. Nein,
wir marschierten lieber mit der ganzen
Gruppe durch Marburg, und zeigten
Ihnen schon mal, was die künftigen
Studierenden in dieser malerischen Stadt
so erwartete: Treppensteigen
und steile Wege!
Besonders die Erstis aus dem norddeut-
schen Flachland schnappten nach Luft
und fluchten leise vor sich hin.

Ein Riesenspaß - für uns Teamer!

Eine Woche später begann das
Wintersemester und ich belegte natürlich
munter weiter ein Leistungsseminar
nach dem anderen.

Darunter auch:
Das berüchtigte Proseminar
„Einführung-in-das-
Mittelhochdeutsche"
das ich mir doch etwas
lustiger vorgesellt hatte.

Mit im Seminar dabei:
Karen! Zum Glück,

wie sich am Semesterende herausstellen sollte. Der Rest des Semesters lief dann allerdings eher langweilig und schleppend ab, ja gut, es gab mal eine kleine schriftliche Prüfung und so, aber insgesamt war in meine Ausbildung die Routine eingekehrt und alles lief wie von selbst. Das Jahr näherte sich dem Ende und ich musste aus dem Wohnheim ausziehen, ich hatte mich dort durch heftigen Sex mit einer meiner Mitbewohnerinnen unmöglich gemacht, und ich musste in einer anderen Straße Marburgs ein neues Leben beginnen. Ich zog es vor näher in die Innenstadt zu ziehen, genauer gesagt an den Bahnhof, in die Neue Kasseler Straße, in eine 3er WG unters Dach. Zwei Frauen und Ich! Ob das gut geht?

Na ja, Silvester haben wir noch mit Anja gefeiert, bevor Anja es vorzog, nach Aachen zu wechseln. Sie hatte eigentlich immer von Australien gesprochen, aber am Ende war wohl doch nur Aachen bei all ihren Plänen herausgekommen.

Schade eigentlich, denn Ärztinnen können doch genauso gut auch in Australien arbeiten. Ich frage mich heute noch, ob sie es wohl geschafft hat.

Hallo, Anja, liebe Grüße von hier nach Aachen oder Australien!

Fachschaftspostkarte!

2. Jahr 1997

Aber bleiben wir erst noch einmal bei
meinem Umzug. Ich wohnte also
plötzlich in einer 3er-WG am Bahnhof
mit zwei Frauen, einer Philosophin und
einer Zahnmedizinerin. Mit einer von
beiden gab es später Stress.
Dreimal dürfen Sie raten, mit welcher...

Aber dazu später.

So sehr es mir in Marburg gefiel, tauchte
doch immer öfter ein gewisses Wort vor
mir auf, dass ich nicht so gern hörte:
Klausuren. Ich musste ja Klausuren
schreiben, denn immerhin war es meine
Lieblingsart, um Leistungsnachweise
abzuliefern, total unnütz natürlich, aber
sehr schnell und effektiv, dachte ich.
In zwei Stunden ist alles erledigt und
man hält den begehrten Leistungsschein
in den Händen. Dachte ich…Damit die
Klausuren keinen Spaß machen, und
eben nicht schnell und effektiv ablaufen,
hatten die Dozenten das erfunden, was
man die sogenannten
„Klausuranforderungen" nennt.

Das machte mir natürlich prompt einen
Strich durch die Rechnung, denn dass
man für Mittelhochdeutsch total fit sein
und wirklich was wissen muss, hatte ich
leider nicht bedacht.

Jeder meiner Fehler kostete mich einen
Punkt, bei 12 Fehlern war Schluss, und
bei meinem 13. Fehler wurde mir klar,
dass sich mein Schein gerade in Luft
aufgelöst hatte.

Kein Schein, so eine Schande, ich war
entsetzt und furchtbar enttäuscht.

Nicht von mir, aber von meinem
Dozenten, der doch das ganze Semester
so harmlos gewirkt und mich immer
angelächelt hatte.

Und dann drehte sich alles, denn Karen
war es, die mir auf einmal anbot, mich in
den Semesterferien fit zu machen, jedenfalls was das Mittelhochdeutsche anging.

Ich nahm ihre Hilfe spontan an.

Sie hatte den Schein ja bekommen, was
mir doch jetzt auch einige Bewunderung
abnötigte. Ich gebe es zu: Ich wollte ihr
näherkommen, und wir kamen uns auch
näher und freundeten uns an.

Mehr jedoch nicht,
um das hier vorwegzunehmen.

Wir waren uns durchaus sympathisch,
lagen auch irgendwie auf der gleichen
Wellenlänge, obwohl wir im Grunde
unsere Seelen sehr gegensätzlich waren.
Sehr, sehr gegensätzlich. Vielleicht ging
es gerade deswegen so lange gut mit uns.
Es gab eigentlich nur ein unlösbares
Problem zwischen uns: Sie benutzte immer wieder die „bösen Worte".
Nein, nicht was sie jetzt denken.
Die zwei bösen Worte für diese Ansammlung von Singles, die wir in meinem Semester nun einmal waren, waren
einfach nur „Mein Freund". Tja, das war
alles, sie war „liiert", wie man damals so
sagte, und das schon seit über vier Jahren, und treu wie Gold. Keine Chance.
Vorerst jedenfalls. Wir konnten uns also
ganz auf das Lernen beschränken, und
ich stapfte bald tapfer zum Nachschrei-
betermin, total fit, jedenfalls was das
Mittelhochdeutsche anging, und was soll
ich sagen: Ich bestand die Klausur mit
einem „GUT" einer richtigen 2, einem
Volltreffer!!

Karen war darüber stolz und froh, wobei
leider etwas zwischen uns hängenblieb,
nämlich dass sie ihren Schein im ersten

Versuch bestanden hatte, allerdings nur
mit einer „2 minus"…Nach einem
Blumenstrauß als Dankeschön, war der
Groll aber schon bald wieder verflogen,
und wir konnten uns
neuen Plänen zuwenden.

Am Beginn des Sommersemesters war
immer so viel zu tun, dass wir gar keine
Zeit hatten, uns um diese Dinge zu
kümmern, die Fachschaftsfete war zu
planen, und in meiner freien Zeit belegte
ich routiniert meine Kurse.

Natürlich waren wir nicht die einzige
Fachschaft in Marburg, die so in das
Semester startete, und wir betrachteten
es als unsere selbstverständliche Pflicht,
alle anderen Feten aller anderen Fach-
schaften auch zu besuchen,
und möglichst auch immer als letzter den
Raum zu verlassen.
Als erste stand die Juristenfete im Land-
grafenhaus auf dem Plan.
An der Tür stand groß:
"MARBURGS ERSTE
JURISTENFETE"
Einer von uns las das, und freute sich,
dass die Juristen endlich auf seine zahl-

reichen Eingaben in Form von blöden Bemerkungen reagiert hatten, und Ihre Feier immerhin wenigstens nicht mehr die SS-Fete nannten, wobei SS immer als Abkürzung für Sommersemester gestanden haben soll.

Mit dem Frühling zog auch die Lust auf Musik in uns ein, und deshalb fiel uns allen auf, dass ein Radiosender frisch auf Sendung gegangen war.
Sein Name war „Radio Unerhört Marburg", kurz RUM, den wir für die Fete sowieso noch einkaufen mussten. Doch die lehnten ab…und meinten, „Wir machen keine Discoparty" und luden uns ein…Es war eine Art Mitmach-Radio, ein Sender für alternative Medien, bei dem natürlich immer noch Leute gesucht wurden, die dabei mitmachen wollten.

Ich fragte Karen, ob sie nicht zur Infoveranstaltung, mitkommen wolle, das wäre doch eine tolle Gelegenheit, ganz wichtige journalistische Erfahrungen zu sammeln, und was ich noch alles gequatscht habe. Und was soll ich sagen, Sie kam tatsächlich mit!

Auf der Versammlung wurde uns das volle Links- Programm als „Neue Philosophie" offenbart, aber eben total locker, wie das Häufchen von Verantwortlichen, das den Sender gegründet hatte, nicht müde wurde zu sagen. Karen und ich fanden das Ganze jetzt nicht so prickelnd. Wir meldeten uns für einen Workshop an, zeichneten eine Probesendung auf und suchten uns eine der zahlreichen Redaktionen aus, die es vorerst nur auf dem Papier gab. Immerhin hatte sich das Häufchen halbwegs bewegende Namen für die Redaktionen einfallen lassen, und wir stürzten uns auf „Was geht", den Veranstaltungskalender. Heimlich machte ich zu Karen hinter meinem Rücken unser Zeichen für minimalen Einsatz, welches in vier ausgestreckten Fingern bestand, und nichts anderes als „maximal vier Wochen" bedeuten sollte.

Wir blieben annähernd vier Jahre!

Es sollten vier absolut geile Jahre werden, in denen vielpassierte. Vor allem mit Karen und mir.

Wir machten also Radio! Den ganzen Frühling experimentierten wir. Jede Woche einmal waren wir eine Stunde auf Sendung, wir spielten Musik, die wir einfach selbst aussuchen konnten, und informierten in Beiträgen und Interviews über aktuelle Veranstaltungen. Und immer als Team. Später wagten wir uns an Einzel Sendungen, wobei das Radio uns zu einer Einheit verschmelzen ließ. Doch Karen sagte immer noch die bösen zwei Worte und ein Ende war nicht abzusehen.

Ich dachte darüber nicht weiter nach und genoss einfach die Zeit mit Karen und die neu erworbene Anerkennung als Radiomoderator.

Auch wenn es nur ein Piratensender war…Ein Störsender!

Doch während wir über den Wolken lebten, und unsere Musik und Ideen in göttlichen Blitzen auf die Erde herunterfahren ließen, braute sich in der WG ein Unwetter zusammen. Meine Mitbewohnerin die Zahlmedizinerin stellte sich als etwas überempfindlich heraus. Sie war darauf bedacht nahezu keimfrei zu leben und erinnerte mich in ihrem Verhalten schon an einen Michael Jackson mit Mundschutz. Ich hingegen mochte es zwar rein, aber sie hatte doch andere Auffassungen was Rein bedeutet und so kam es zum Eklat indem sie das ganze Bad mit Desinfizierungsmittel förmlich überschüttete. Das fand ich wiederum nicht mehr lustig und beschloss ihr mitzuteilen, dass ich zum Semesterende ausziehen werde und sie sich schon einen anderen hyperpeniblen Zahnmediziner suchen könne.

Ihre Reaktion war ein keimfreies Strahlen.

Ich beschloss mir etwas Schönes zu suchen, und las einen Aushang, in dem ein Zimmer in einer Haus-WG in der Oberstadt angeboten wurde.

Ich besichtigte die Mainzer Gasse 28 und war begeistert. Mein Traum, ein Fachwerkhaus in der Oberstadt! So etwas wollte ich schon immer, eine Haus WG in einem uralten Fachwerkhaus in der Oberstadt. Ich mietete das Zimmer im 1. Stock sofort ab September an und

dass ohne zu wissen wer meine Mitbewohner sein würden. Im Dachzimmer
wohnte Arno, ein BWL Student,
sagen wir mal, im höheren Semester.
Das heißt er war älter als ich...Arno und
ich freundeten uns sofort an
und das war auch gut so,
wie sich später herausstellen sollte.

Aber bis September war noch lange, und
ich fuhr einfach wieder einmal in den
Süden in die Sommerferien,
nach den Erfahrungen vom letzten Mal
allerdings nun ganz allein.
. Bevor ich abfuhr hatte ich noch einmal
bei meinem Vermieter vorbeigesehen,
der mir versichert hatte, ich solle
ruhig fahren, nach meiner Rückkehr
seien die Renovierungsarbeiten sicher
abgeschlossen...

Doch als ich im September wiederkam
und einziehen wollte, sah das Haus eher
aus, als habe ein Bürgerkrieg in der
Mainzer Gasse getobt,

oder wenn es jemand gerne etwas neuzeitlicher hätte, das Haus sah aus, als hätte ein Panzer erst darauf geschossen und wäre dann auch noch durchgefahren.

Meine Vermieter sagten dass es sich nur noch um 3 Tage handeln könnte bis das Zimmer bezugsfertig sei. Nun gut, ich quartierte mich bei Harald, der eine Straße weiter wohnte, ein und wartete. Zu meinem Erstaunen war mein Zimmer tatsächlich bezugsfertig.

Allerdings…nicht nach 3 Tagen, sondern…nach 3 Wochen! Doch egal, ich zog ein.

Arno hatte die ganze Zeit in der Baustelle unter dem Dach gewohnt und begrüßte mich herzlich. Die anderen drei Zimmer seien auch vermietet, an wen wisse er nicht.

Wir sollten es bald erfahren…

Vielleicht haben Sie schon einmal eines dieser Bilder aus uralten Zeiten gesehen, auf denen ganze Züge von Damen durch Tore in Häuser schreiten,

sich einmal um sich selbst drehen,
und dann auf der anderen Seite
wieder hinausschweben?

*Vielleicht haben Sie schon einmal von
den 3 Grazien gehört?*

Wir waren geliefert,
denn es zogen Drei…
Medizinerinnen im ersten Semester ins
Haus ein. Wenn wir damals geahnt hätten, was da auf uns zukam…

Schon bei unserer Einweihungsfete im
Kleinen, gemütlichen und nicht vermieteten Gartenzimmer des Hauses kam es
zu ersten Eklat. Während Arno und ich
mit meinen vielen Freunden der Party-
fraktion feierten, traf eine
erste Nachricht der drei Grazien ein:

*„Könntet ihr bitte etwas leiser sein,
der Lärm stört uns beim Lernen".*
„Kein Problem", sagten wir fröhlich,
*„Das ist die Einweihungsfete,
ihr seid natürlich eingeladen".*

Und das war der Moment,
indem die Kälte durch unser Haus zog.

Das war der Augenblick, in dem die 3 Grazien ihre Blicke einmal durch den Raumwandern ließen, und sich dann auf dem Absatz umdrehten, um aus dem Zimmer zu schweben.

Von diesem Moment an waren Arno und ich nur noch Luft, oder eigentlich noch weniger als das. Sie hatten sich entschlossen, uns einfach zu ignorieren, blockierten demonstrativ die untere Küche und liefen immer wieder mit düsteren Mienen und medizinischen Lehrbüchern mitten durch die feiernde Menge. Und das an einem Samstagabend um 23 Uhr. Ein Witz!?

Leider Nein!

Und nach der Fete war alles noch schlechter, eine Kommunikation fand praktisch nicht mehr statt. Arno und ich hielten unser Fähnlein hoch, und kochten wenigstens einmal am Tag einen gemeinsamen dünnen Kaffee, schon um nicht zu vergessen, dass wir in einer WG lebten. Unsere Mitbewohnerinnen straften uns meist mit Missachtung. Es sollte aber noch schlimmer kommen.

45

Doch dazu, Sie wissen es schon, später.

Das Wintersemester begann und die Abläufe waren die gleichen: Orientierungseinheit, Seminare und Radio, so sah meine Planung aus. Ich hatte es in das Hauptstudium geschafft. Nach drei Semestern. Mein erstens Hauptseminar stand an, natürlich mit Leistungsschein. In der zweiten Woche, es war an einem Dienstag hielt ich das Referat, gestaltete die Seminarsitzung und begann mit der Ausarbeitung. Alles lief nach Plan…Bis zum Mittwochabend jener zweiten Semesterwoche.

Es war Anfang November…
Wir saßen, wie jeden Mittwochabend,
im Fachschaftraum…

…und planten an jenem Abend das Semester.

Wir waren gerade dabei den Termin für die erste Fachschaftsfete festzulegen. Die Tür war offen und jemand klopfte entschlossen am Türrahmen.

46

*Wir schauten hoch… Vor uns standen
zwei Gestalten. Also genauer gesagt…*

In der Tür standen zwei Mitglieder der
„Linken Fachschaft Politik" die uns
mitteilten, dass in Gießen ein Uni Streik
ausgebrochen sei, die Gebäude in
Gießen seinen besetzt und das wäre die
Folge der Missstände, die auch an
unserer Uni herrschten. Alles wäre total
„Fascho" und man müsste sich
solidarisieren und morgen werden sie
mit uns auf die Versammlung in den
Audimax nach Gießen fahren,
zusammen mit allen anderen
Fachschaften.

ANSAGE:
*„Treffpunkt 11.00 Uhr Hauptbahnhof!
Abfahrt 11.35 Uhr!"*
***„Revolution!
Wir werden siegen!
Der Che lebt!"***

*So oder so ähnlich.
Schon waren sie wieder verschwunden.*

Ich grübelte, ich war frisch zum
Fachschaftrat und sogar zum
Fachbereichsrat gewählt worden und
konnte ja nicht einfach sagen:
„Das mich das alles wenig interessiert."

Der schlimmste Fall war eingetreten.

Ein Streik!

Nun, wir waren die gewählten Vertreter.
Gerade für solche Fälle
waren wir ja eigentlich da.
Da hatten die berüchtigten Fachschaftler
aus dem berüchtigten Fachbereich 03,
Philosophie und
Gesellschaftswissenschaften, im Grunde
schon Recht...***Revolution hin, Che her.***

Wir kamen also mit. Der Audimax der
Uni Gießen war voll. Alles voller
Plakate und Transparente.
Die Gebäude besetzt.
Man sah weder Profs noch Hausmeister,
nur Streikposten. Es herrschte wirklich
Revolutionsstimmung.
Wir übergaben auf der Bühne, der ASTA
Führung, unsere Solidaritätserklärung,
ließen uns ein wenig feiern

48

und fuhren wieder nach Marburg. Die
Sache war eigentlich erledigt.

Dachte ich zumindest.

Ich wunderte mich nur. dass die
Hardliner nicht im Zug zu sehen waren.
Die anderen meinten:
„Die sind bestimmt schon vorgefahren"
Stimmte!
Sie waren vorgefahren und hatten sofort
den Turm B der Phil. Fak, samt Gang G
ihres Institutes besetzt!

Es war nach 20.00 Uhr und es war eh
kaum noch jemand im Gebäude.
Als wir mit dem Zug an den Türmen
vorbeiführen, hingen schon die ersten
Transparente in den Fenstern.

Eine Katastrophe,
jedenfalls für uns die eigentlich nur die
nächste coole Party organisieren wollten.
Aber was sollten wir machen?
Wir eilten in die Phil-Fak
um zu retten
was noch zu retten war.

Erlebnisbericht eines Fachschaftlers:

"Es ist die erste Versammlung von streikwilligen Studenten. Sie passt in den größten Vorlesungsraum der geisteswissenschaftlichen Fakultät. Was nicht sehr groß ist. Vielleicht 200 Marburger Studenten - von 20.000. Ein Prozent. Auf dem Pult steht eine Studentin und ruft den Anwesenden zu: 'In Gießen wird gestreikt!"Jubelgeschrei. Bremen hat sich uns angeschlossen!"Jubelgeschrei. Bochum will sich uns anschließen!"Jubelgeschrei. Dann folgt eine Liste mit einem Dutzend deutscher streikwilliger Städte, untermalt von studentischem Jubelgeschrei. Währenddessen stehe ich mitten in der Menge und denke: Wahnsinn. Wir können etwas bewegen. Wir werden Zeitgeschichte schreiben."

(Dann kam der Sauerstoff!)
(Anmerkung des Autors Christan)

„Fünf Minuten später bin ich wieder draußen an der frischen Luft und frage mich, ob ich noch alle Tassen im Schrank habe.

50

*Noch nicht einmal
Marburg* s̓treikt̓*in Wirklichkeit zu diesem Zeitpunkt. Von den anderen Städten
ganz zu schweigen. Die Proteste von
1997 beginnen für mich mit einer Lekti-
on darin, wie ansteckend euphorische
Begeisterung und Massenbewegungen
sein können. Drei Jahre später wird mir
das noch einmal begegnen: in einem
Theaterkurs, in dem der Leiter seine
Schüler zu einer griechischen Phalanx
zusammenstellt und sie durch gemeinsa-
mes Geschrei und Getrommel
erleben lässt,
warum die Soldaten in der Antike, die
damals vorne rannten, sich unbesiegbar
fühlen, obwohl sie als Erste von den
Feinden aufgespießt wurden.*"
**- David Frogier de Ponlevoy
auf Spiegel ONLINE 2007-**

Erlebnisbericht des Autors:
*„Ein Streikposten ließ uns hinein.
Die Eingänge waren bereits mit Ketten
verschlossen. Überall lagerten Studenten
und waren fest entschlossen das
Gebäude besetzt zu halten. Die
Fachschaft 03 hatte ganze Arbeit
geleistet.*

51

Fest entschlossen? Das Wort
„Fest" sollte eine besondere Bedeutung
bekommen, denn die Phil Fak wurde
eine einzige Partyzone.
Im Foyer wurde gefeiert und im Hörsaal
H wurden Streikfilme gezeigt beim Bier
und mit Zigaretten. Was sollten wir
machen? Das ganze hatte eine
Eigendynamik entwickelt. Professor P.
ließ es sich nicht nehmen, den Hörsaal
persönlich zu inspizieren. Er war
schneller aus dem Hörsaal wieder
draußen als er drin war und teilte uns
naserümpfend mit, das es im Hörsaal H
stinken würde, wie in einer miesen
Hafenkneipe.
Da hatte er wohl Recht, die Putzfrauen
kamen ja auch nicht mehr in das
Gebäude bzw. wollten wohl eher nicht.
Nur fragten wir uns, woher weiß
Professor P. wie es in einer miesen
Hafenkneipe riecht? Da taten sich ja
Abgründe auf!!! Doch egal wir hatten
unsere eigenen Probleme. wir mussten
dafür Sorgen das das Ganze nicht in
Anarchie ausufert, was uns auch gelang.
Ich hatte den ganzen Tag damit Zutun
zwischen den einzelnen Gruppen
(Arbeitskreise, Mitarbeiter, Profs,

*Leitung) zu vermitteln. Schließlich wurden nach und nach alle wichtigen Gebäude besetzt. Auch das Hörsaalgebäude wurde über Nacht eingenommen und nicht mehr geöffnet. Immer mehr Unis streikten! Eine Welle der Unistreiks brach durch das Land in jenen Novembertagen 1997 und ich mitten drin." **„Na danke schön auch" -Christian S. über die Streikbewegung im November 1997-**

Es gab jede Menge Aktionen und Arbeitskreise so genannte AKs. Eine davon war die AK Medien. Eine Gruppe von zielstrebigen Medienstudenten die den Streik mit allen Mitteln publik machten und ihn an das scheue Auge der Öffentlichkeit brachten. Vom Büro des Dekans aus, im Turm A, das dieser als alter 68er, wohlwollend zur Verfügung gestellt hatte, spannten sie ihre Aktionen. Eine davon war ein riesiges Plakat auf dem zu lesen war:

„ Bildungsabbau! Wir wehren uns"

Es wurde auf wasserabweisendem
Material beschriftet und von Greenpeace
Aktivisten, in einer spektakulären Aktion
am größten Turm der Phil. Fak, Turm C,
herabgelassen.
Dort hing es nun. Es war Herbst und es
war Mitte November geworden und wie
so oft regnete es. Als wir eines Tages das
Gebäude verließen, durch die
Unterführung gingen und uns
umdrehten, um das stolze Plakat wieder
einmal zu betrachten mussten wir
zweimal hinsehen. Tatsache war wohl,
dass zwar das Material Wasserdicht war,
nicht jedoch die Farbe und so fehlte bald
ein ganzer Buchstabe.

Es fehlte das „W" von wehren
und so stand dort nun:
„Wir…ehren uns".

Grinsend liefen wir, über den
sogenannten
Ho-Chi-Minh-Pfad, weiter Richtung
Mensa.

Diese wiederum wollten wir nun mit
Transparenten verschönern. Nachdem
wir dem Chef total ernst erklärten,

das die Mensa kurz vor der Besetzung stehe und nur das Anbringen der besagten Propagandaplakate dies verhindern könnte und den Mob davon abhalten könne sich auch hier breitzumachen, wurden kurzerhand die Wände und der Balkon zur Pressewirksamen Verschönerung freigegeben.

(Nun mal unter uns, den Mob hat es nie gegeben…) Na ja, nichts und niemand ist eben Perfekt.

Genauso wenig perfekt wie manche Streikteilnehmer, die von irgendwo her kamen wie z.B.

„Der Sänger der Revolution"

wie ich ihn nannte. Er tauchte eines Tages mit seiner Gitarre auf, sang Protestsongs, ließ sich durchfüttern, half wo er konnte und hob die Stimmung. Ihm wurde sogar die Kasse anvertraut mit Erlösen aus dem Verkauf von Soli T Shirts, die recht gut gefüllt war.

Eines Morgens,
es war an einem Donnerstag,
war er verschwunden,
samt Kasse wart er nie mehr gesehen.

55

Ich hörte dass er in Berlin gesehen worden ist, andere wollen ihn in Tübingen im Streik Café gesichtet haben. Er tourte wohl durch die gesamte Republik, und kassierte ab. Ein echter Pirat der Revolution!
Na ja, auch ein Schicksal.

Mitten in diesem Tumult bekam ich einen Anruf von einem alten Freund, Marc war sein Name. Wir hatten 10 Jahre zuvor viel mit einander erlebt, doch seit ich studierte hatten wir so gut wie nichts mehr mit einander zu tun. Ich hatte mal etwas mit seiner Schwester gehabt, Annabel, aber das ist ein Kapitel für sich. Er rief mich an und fragte ob ich zu seinem Geburtstag kommen wolle. Ich willigte ein und war froh dem Streikchaos einmal entfliehen zu können. Wir feierten auf einer Jagdhütte mitten im Wald und er stellte mir seine Verlobte vor und offenbarte mir das sie im Juli nächstes Jahr heiraten werden. Ich gratulierte und hatte einen alten Freund wieder gefunden. Auch nicht schlecht. Marc und ich unternahmen wieder regelmäßig etwas, immer wenn ich in der Nähe war. Annabel hatte immer

noch eine enorme Anziehungskraft auf
mich. Eigentlich liebten wir uns aber wir
sind nie richtig zueinander gekommen.
Meine Seele war seit über 9 Jahren
irgendwie bei ihr. Sie lud mich für den
zweiten Weihnachtsfeiertag zu sich ein.
Ich nahm die Einladung an,
warum auch nicht.

*Zurück in Marburg hatte der Streik mich
montags wieder.*

Es gab eine Demo der Superlative, an
der ich nicht ganz Unschuldig war.
Ich glaube zu wissen, dass es
Fernsehbilder aus der Luft gibt welche
die Größe dieser Demo dokumentieren.
Ich selbst lief als Ordner mit
und delegierte.
Die Leute kamen von überall her.
Es war wohl die größte Versammlung
seit den 68ern,
hat man mir hinterher erzählt.

Es wird wohl schon stimmen.

Nach etlichen „VVs“,
also „Vollversammlungen“, wurde
beschlossen den Streik aus zusetzten.
Viele fürchteten um ihre
Leistungsnachweise und froren sich
langsam den Hintern ab.
(Ich übriges langsam auch)
Und das Partywetter ließ nun auch,
Anfang Dezember, Temperatur mäßig,
zu wünschen übrig.

Wir hatten sechs Wochen lang Hessen,
Deutschland und die Welt
in Atem gehalten.
Wir und all die anderen Unis in
Deutschland die nur eines wollten:
Bessere Studienbedingungen.

Wir bekamen sie, die neuen Bücher
und brandneuen PC Pools.

Pünktlich zu Weihnachten!

Halleluja!

Der normale Seminar betrieb wurde
wieder aufgenommen und die Stimmung
in Marburg war, wie immer in der
Weihnachtszeit, magisch.

Das Jahr endete positiv mit einem Glas
Sekt an der Lutherkirche
bei minus zwei Grad.

Ach ja vorher war ich bei Annabel am
zweiten Weihnachtsfeiertag und es war,
als wäre es vor neun Jahren gewesen,
sie verstehen. Wir wurden, sagen wir es
mal so, intim. Bevor es zum äußersten
kam haben wir uns darauf geeinigt,
das ich doch lieber gehe.
Das war auch gut so, denn ich habe mir
an diesem Abend ein Stück meiner Seele
wieder geholt. Die konnte ich auch gut
gebrauchen, in einem Jahr das noch
vieles bisher da gewesene
übertreffen sollte.

3. Jahr 1998

Mit gestärkter Seele ging es nun ins neue
Jahr. In der Mainzer Gasse war es ruhig,
zu ruhig wie Arno und ich feststellten
mussten. Die Ruhe vor dem Sturm….

Eines Morgens mussten wir feststellen
das die untere große Küche von unseren
Mitbewohnerinnen eingenommen
worden ist und zur ihrer alleinigen
Nutzung umgestaltet wurde.
Unsere Sachen und Lebensmittel wurden
einfach in die, nicht sehr saubere,
Gastküche im 2. Stock gebracht.
Im Bad wurden außerdem Regeln
aufgestellt die durch Mark und Bein
gingen. Über der Toilette hing ein Bild
von einem Engel der aus einer
Sprechblase säuselte:

„Wir beten im Stehen
Und pinkeln
Im sitzen"

(Was für ein Spruch! Wir dachten uns:
„Wir aber beten im Sitzen und pinkeln
im Stehen")

Ferner wurde der gesamte Eingangsflur
mit kitschigen Postern alla Flower Power
und Klein Mädchen Romantik behängt.

Eine Provokation!!!

Eins war hier doch klar, die Damen
wollten uns dazu bringen das wir uns
eine andere Bleibe suchen, damit sie eine
Mediziner WG mit Chloroform Charme
ihr eigen nennen konnten.
Wortlos gingen sie an und vorbei
und ignorierten uns einfach.

Das war eine Kriegserklärung!

Ich hasse so was, aber diesmal musste es
sein. Es war eine Sache des Prinzips,
diese, für uns, so heiligen Hallen mit
allen Mitteln zu verteidigen und uns
nicht ins Wohnheim abschieben
zu lassen. So sah es aus!
Arno und ich waren uns einig. Wir zogen
uns in seine Dachkammer zurück und
entwickelten einen Gegenplan.
Da wir den Damen ja egal waren, war es
uns nun auch egal…

Wir waren sehr kreativ. Die Toilette
wurde mit unseren Bilder umgestaltet,
ihre (also den Engel und so) ließen wir
natürlich hängen.
Unsere Bilder bestanden hauptsächlich
aus Postern und Photographien die wir
einem Männermagazin entnahmen,
welches sich zufällig in Arnos Schrank
gefunden hatte.
(Hatte wohl einer vergessen)
Sehr freizügige Engel
waren dort zu sehen.

Dann kappte ich das Herz der
Kommunikation der Damen:
Das Telefon!
Handys waren noch nicht so verbreitet
und es gab nur einen Festanschluss im
Haus. Dieser Festanschluss war auf
niemand anderen als auf mich
zugelassen. Ich überließ bisher
großzügig den anderen die Nutzung.
Damit war nun Schluss!
Ich brachte ein Schloss an und machte
den Anschluss für die Telefonjunkies, die
gewöhnlich stundenlang telefonierten,
unzugänglich.

Das traf. Die Verwirrung war groß.

Der zweite Schlag war an meinem
Geburtstag. Ich feierte ausgelassen mit
meinen Leuten in meinem Zimmer und
nahm nicht die geringste Rücksicht mehr
auf die doch inzwischen
sehr genervten Mitbewohnerinnen.
Wir hörten laut die „Toten Hosen"
und zum Höhepunkt um zwei Uhr
morgens stellten wir sogar die Boxen
ins Fenster.
Es war Samstag und keiner beschwerte
sich…unsere Feinde zogen es vor das
Haus zu verlassen und woanders zu
übernachten.

Am folgenden Montag klärten wir
schriftlich mit den, uns bestens
bekannten, durch etliche Kaffeerunden
gefestigte und uns freundschaftlichen
verbundenen, Vermietern
die Küchensituation.

Sie erklärten schriftlich, dass dieser
Raum gemeinschaftlich genutzt und
auch bezahlt wird!
Also das man uns gar nicht verbieten
könne den Raum zu nutzen.

Am späten Nachmittag besetzen wir die Küche. Um 20.00 Uhr saßen wir dort mit einer Kiste Bier und genossen Arnos selbst gedrehte Zigaretten.

Wir warteten auf die Rädelsführerin.

Sie kam, war sehr erstaunt und bevor sie anfangen konnte überhaupt etwas zu sagen, wies ich auf den an der Tür hängenden Zettel.

Mit den Worten:

"Erst lesen dann sprechen"

forderte ich sie auf, die Mitteilung der Vermieter zu lesen. Sie wurde still und sagte nur noch:

„Aber geraucht wird hier nicht!".
Ich entgegnete nur:
„Ich bin starker Raucher, das kann ich mir nur sehr schwer abgewöhnen"

Sie verließ wortlos die Küche.

Sieg!!! Sieg auf der ganzen Linie!

Wir feierten an diesem Abend die zurück
eroberte Küche, mit einigen Bieren
und gingen dann
hochzufrieden auf unsere Zimmer.

Am nächsten Abend saßen wir wieder
mit einigen Leuten, die wir eingeladen
hatten, gemütlich in der Küche, es war
gegen 21 Uhr, draußen war es dunkel
und es war kalt an diesem Abend im
Februar. Wir unterhielten uns ganz
normal und hatten
noch nicht einmal das Radio laufen.
Man muss wissen das die Mainzer
Gasse eine Sackgasse ist, an ihrem Ende
befindet sich ein großer Parkplatz.
Also kein Durchgangsverkehr.
Soviel vorneweg.

Da passierte folgendes:
Ein Polizeiauto fuhr am Haus vorbei.
Ich sah es durch das Küchenfenster
Und ahnte nichts Gutes.

Es klopfte an der Küchentür…

Die Haupteingangstür muss offen
gewesen sein, anders konnte ich mir das
folgende Szenario nicht erklären.

In der Tür standen zwei Polizisten in voller Schutzkleidung, mit kugelsicheren Westen und voll bewaffnet. Sie fragten uns wo denn die Party mit den Streitigkeiten sei. Wir waren verwundert und erklärten, dass wir hier wohnen und es keine Party gibt und schon gar nicht mit Streitigkeiten die das Erscheinen eines Überfallkommandos erforderlich macht.
Die Beamten waren ratlos und hatten sich wohl schon auf den schlimmsten Fall eingerichtet
. Als wir fragten wer sie denn gerufen habe, kam heraus das unsere Mitbewohnerinnen wohl zum allerletzten Mittel gegriffen hatten um uns zu vertreiben.

Lächerlich!

In den ganzen Monaten und vor allem danach kam nie, aber auch nie die Polizei, auf unsere Feten in die Gasse. Nur durch gezielte Fehlinformation war dies nun möglich geworden. Erklärten wir den, inzwischen verständlicher Weise verärgerten, Beamten.

Sie sollten doch einmal nachforschen,
wer da angerufen hat?

Sie suchten unsere Mitbewohnerinnen in
den oberen Stockwerken auf.

Dies blieb anscheinend nicht ohne
Folgen. Denn am nächsten Morgen
schon, sah ich gegen 11Uhr 30, überall
Kisten in den Fluren stehen. Gleichzeitig
rief mich unsere Vermieterin an und
erklärte dass alle zum 1. April gekündigt
hätten, aber sofort das Haus verlassen
werden und wir, wenn wir wollten,
Nachmieter zum 1. April
suchen könnten.

Wir freuten uns wie die Schneekönige.

Wir hatten gewonnen!

Die Mainzer Gasse war unser!

Nicht wir mussten ausziehen sondern die
Provokateure. Allerdings waren wir doch
etwas traurig dass es so schnell ging. Wir
hatten ja noch nicht einmal 70% unserer
Kapazitäten an Gegenmitteln in diesem
Krieg gezeigt. Enttäuschend eigentlich.

67

Na ja was soll es, wir hatten vier freie
Zimmer und Arnos Freundin die dann,
das fast leere Haus sah, meinte das wir
ganze Arbeit geleistet hätten.

Irgendeinen Nutzen und Vorteil muss
man ja als Geisteswissenschaftler gegen
Mediziner haben.
Das Sommersemester nahte und wir
vermieteten die freien Zimmer.
Wir fanden schnell ein paar junge
motivierte Studenten die nichts dagegen
hatten mal zu Feiern und die Sachen
nicht so eng zu sehen.

Karen und Ich kamen uns näher. Ihre
Beziehung war vor dem Ende und ich
war als sehr guter Freund ihre
Rettungsinsel. Wir bemerkten, dass wir
nicht nur rein freundschaftliche Gefühle
für einander hatten.
Am Gründonnertag zogen wir uns hoch
romantisch, im Kino in der Schwanallee,
den Hyperromatik Thriller „Titanic" in
die Sinne.

So berauscht verbrachten wir unsere
erste Nacht miteinander.

Was für ein Osterfest!

Die Frage allerdings ob wir zusammen
sind, war noch lange nicht geklärt, was
zu einigen Komplikationen führen sollte.

Doch dazu später.

In unseren brandneuen, mit frischen, mit
hoch kreativen Leuten besetzten Haus
WG in der Oberstadt formierten wir eine
Provokation. Wir verstanden uns so gut
dass wir eine fiktive Burschenschaft
gründeten. Ich nannte sie sinnigerweise:

„Moguntia".
(Der lateinische Name für Mainz)

Wir erfanden eine Legende dazu und
nannten uns nun die *„Moguntzen".*
Wir hatten sogar ein Wappen mit Zirkel
welches am Briefkasten klebte.
Es sah total echt aus,
wir fanden das toll!

Nicht so toll fanden es die
„echten" Verbindungsstudenten, die sich
veralbert vorkamen und so regelmäßig
das Wappen am Briefkasten abrissen.

Wir veranstalteten in diesem Sommersemester einige Feten und ließen es uns richtig gut gehen. Einige der Besucher hielten den Mummenschanz für so echt das die beim entdecken unserer Symbole, (wie z.B. ein paar gekreuzte Skistöcke an der Wand des Eingangsbereichs) mit den Worten:
„Das sind ja Burschies!!!"
Fluchtartig die Party verließen.

Wir müssen echt gut gewesen sein...

Karen zog es zwischenzeitlich vor, mit einem Freund von mir die gemütlichen Abende zu verbringen. Ich wusste gar nicht warum und wieso. Nach zwei Wochen sprachen wir uns aus und waren wieder ein Herz und eine Seele.
Mein guter Freund war danach allerdings Geschichte.
Ich war eine Woche in Berlin auf Exkursion und Karen hielt die Radiofront. Wir waren inzwischen echte Profis geworden.
Ich machte nun Einzelsendungen, Doppelmoderation mit Karen und meinem neuen Co Moderator Peter.

Wir waren so was wie das
kabarettistische Duo des Senders und das
gefiel nicht jedem. Wir hatten Talent die
satirischen Sachen zu machen. So was
konnte ich mit Karen nicht. Peter und
Ich ergänzten uns wie die Faust auf
Auge. Sternstunden der Radiokunst
waren geboren. Ich moderierte jede
Sendung mit meinem Wahlspruch ab:

*„Einen wunderschönen Abend und eine
noch wunder schönere Nacht
...und verlauft euch nicht!"*

Kult war geboren und manche fragten
sich wie ich das denn meinte…

Politisch? Sexuell? Philosophisch?

Ich entgegnete nur:
„Das könnt ihr euch aussuchen!"
und schwieg darüber.

Es waren schon geile Zeiten
gegen Ende der 90er.

Es wurde Sommer und der Höhepunkt
der „Moguntia" näherte sich.
Wir traten beim Fußballturnier beim
„Sportdies", dem alljährlichem Sportfest
an. Unser Name lautete:

„Hardcore Moguntia"

Auf die Frage des Büros für
Hochschulsport „wie das denn
geschrieben werde? Etwa mit K? wie
der Offizierskorps? Ich antwortete, ohne
eine Miene zu verziehen: Mit C! wie der
Hardcore Porno. *Sie glaubten uns.*

Auf dem Turnier hielten uns alle für
ausgeflippte Verbindungsstudenten Und
zum Schluss besiegten wir sogar den
Titelverteidiger, den AC Pharma, also
die Apothekerstudenten, mit 2:1 in
einem spektakulären Spiel.
Sie lachten über uns, aber wir hielten sie
zum Narren. Peter bekam eine blutende
Nase und ich einen Bluterguss
über dem linken Knie,
so kampfbetont war das Spiel.
Siegtor in der drittletzten Minute, durch
einen Distanzschuss aus 40 Meter!

(Der Platz hatte ja nur 50 Meter
Länge…)

Sensation!!!

„Die Moguntia"
hatte dieses Spiel gewonnen!
Legendär! Fabelhaft!

Danach war das Semester zu Ende.
Wir ließen die *„Moguntia"* wieder in der
Versenkung verschwinden.

Besser ging es eben nicht!

Im Juli feierte Marc und seine Verlobte
Hochzeit. Prunkvoll mit Kutsche und
allem Drum und Dran. Natürlich war
auch Annabel dabei.
Wir verstanden uns gut.
Karen zog es vor nicht mitzukommen.
Hochzeiten würden sie sehr irritieren.
Ich ging alleine hin.
Und wir feierten wie in alten Zeiten an
diesem Samstag im Juli.

Karen machte Urlaub mit ihrer
Schwester und machte danach ein
Praktikum in Köln.

Mein Sommerurlaub bestand daraus sie
in Köln regelmäßig zu besuchen. Es war
schön, obwohl der August etwas
verregnet war. Wir gingen essen, ins
Kino, spazieren und liebten uns.
Wir waren endlich fest zusammen.

Das ging so bis Ende September.

Ich musste wieder nach Marburg, denn
ich hatte einen tollen Job als Assistent
für Studienberatung bekommen
und musste vor Ort sein.
Es war toll, ich bekam einen PC
in der Germanisten Bibliothek.
Aber das Beste war, dass ich einen
Schlüssel zur Phil. Fak bekam.
Ich hatte meinen Turm
endgültig erobert.

Das Winterssemester begann und Karen
wusste wieder einmal nicht
„Wie es um uns beide steht", wie sie
sagte. Im Dezember rauften wir uns
wieder zusammen und ich beschloss nun
eine Wohnung zu mieten und das WG
Leben aufzugeben.

Ich zog aus der Mainzer Gasse aus, in eine zwei Zimmerwohnung in die Cappeler Straße. Ich hatte das Bedürfnis nach Zweisamkeit und so richteten wir gemeinsam die Wohnung ein.
Doch es kam anders. Karen erklärte mir dass sie nicht wüsste ob wir beide zusammenpassen, zusammen leben können und das Sie eine so enge Bindung nicht möchte.

Am Ende des Jahres hatte ich eine 2 Zimmerwohnung ganz für mich alleine.

Wir feierten Silvester zusammen und beschlossen unsere Beziehung mit Ende des Jahres zu überdenken.

Liebe war, so glaube ich,
nie unser Problem.

Sehr symbolisch, so bin ich halt!
Neues Jahr! Glatter Schnitt!
Es war ein echt verrücktes Jahr welches wir wiederum an der Lutherkirche beendeten und das neue begrüßten.

Das letzte Jahr der 90er Jahre.

4. Jahr 1999

Ich saß also in der Cappeler Straße und
hatte, wie schon erwähnt, eine zwei
Zimmer Wohnung ganz für mich alleine.
Ich machte das Beste daraus und breitete
mich aus. Das eigentliche Wohnzimmer
bestand aus einem Doppelbett, das so
breit war, das es gar nicht ins eigentliche
Schlafzimmer passte.
Die totale Fehlplanung.
Mein Schreibtisch stand nun in dem
kleineren Raum von beiden und
verbrachte viel Zeit damit meine
Seminare vorzubereiten und meine
Scheine zu ordnen und zu bekommen.

Es war das Wintersemester 98/99.

Ich schaffte es.

Karen und Ich waren nur noch durch die
Radiosendungen verbunden.
Ich machte nun auch öfter
Einzelsendungen bzw. Doppelsendungen
mit Peter. Das machte Spaß und lenkte
von der allgemeinen Situation ab.

Die Semesterferien kamen, es wurde
März und der Frühling kam. Karen hatte
plötzlich, nach einer unserer Sendungen,
wieder das Bedürfnis mit mir zu reden.
Ich willigte ein.
Ich sah in ihre grünen Augen und schon
war es passiert, wir waren wieder ein
Herz und eine Seele. Ich bin eben auch
nur ein Mann,…ähm Mensch wollte ich
sagen. Nun gut, wie auch immer, das
Team war wieder da. Wir stellten fest.
dass man miteinander besser dran ist als
ohne einander, und beschlossen das
als gegeben hinzunehmen.

Es wurde das letzte Jahr im normalen
Uni betrieb für uns. Karen beflügelte
mich mit ihrem Ehrgeiz, mein Studium
am Ende des Sommersemesters
„scheinfrei" zu machen.
Das hieß nichts anderes, als das ich alle
geforderten Scheine bzw.
Leistungsnachweise erbracht habe und
mich auf die Abschlussprüfung
vorbereiten kann.
Das alles nach sieben Semestern.
Ich weiß nicht, ob ich das ohne Karen
geschafft hätte, bzw. eher überhaupt
schaffen wollte.

Ich war dazu zweifelsohne in der Lage.
Also tat ich es einfach.

Der Sommer kam und ich hatte alles und
noch viel mehr absolviert,
was man als Magisterstudent überhaupt
erbringen muss.
Der Weg zum M.A.
hinter dem Namen war frei.
Die Fachschaftsarbeit lief routiniert und
eine OE stand wieder an und es gab
wieder die Stadtralley, die Beratung
und die Party.
Eigentlich alles Wiederholungen,
nur mit anderen Gesichtern.

In einem Literaturseminar lernte ich Ella
kennen. Es funkte zwischen uns, aber
auch sie sagte die bösen zwei Worte. Sie
machte ein Praktikum, in Mainz, in den
Semesterferien und wir telefonierten
stundenlang am Abend. Als sie im
September zurück war, trafen wir uns
öfter und ihr Freund tauchte plötzlich
nicht mehr in ihrem Wortschatz auf. Wir
kamen uns näher. Doch mein Herz hing
an Karen, das merkte auch Ella und war
plötzlich nicht mehr so präsent.

Sie meldete sich zur Prüfung und verließ Marburg. Ich habe gehört sie soll in Mainz leben, aber man hört ja so viel.

Das Wintersemester verbrachte ich mit dem Besuch von Vorlesungen und Seminaren um mich auf die Meldung zur Prüfung vorzubereiten. Ich hatte ja alle Scheine…so dachte ich, zumindest. Mir fiel auf, dass ein Hauptseminarschein fehlte. Ich suchte ihn und fand das begehrte Objekt nirgends. Ich hatte eine Menge Scheine, aber dieser fehlte. Wo war er? Ich hatte doch das Seminar erfolgreich absolviert! So dachte ich.

Beim genauerem Lesen des Studienbuches, indem alles dokumentiert ist, viel mir der Fehler jedoch auf. Es handelte sich ausgerechnet um mein allererstes Hauptseminar, das zwei ganze Jahre her war. Das Streiksemester! Verdammt!!!

Ich hatte etwas vergessen, nämlich die Ausarbeitung. Dies hatte ich ja nur, wir erinnern uns düster, begonnen aber nie Vollendet und in den Wirren einfach vergessen. Ich suchte den Ordner und fand ihn auch.

Ich setzte mich nun an meinen
Schreibtisch und begann zu schreiben.
Ich schrieb
in zwei ganzen Tagen und Nächten die
Seminararbeit, gab sie im November ab
und der Professor lächelte nur und sagte:

"Dachte schon sie hätten es vergessen,
was lange braucht wird endlich gut,
ich bin gespannt".

Ich war es auch.

Ich bekam den Leistungsschein, benotet
wie es die Studienordnung vorsah.
Ich bekam ein „gut".
Er überreichte ihn mir mit den Worten
„Hat ja lange genug gedauert".
Ich nickte, lächelte und dachte nur:

„Wenn er nur wüsste"
Nun weiß er es, vielleicht.

Ich hatte also alle Scheine zusammen
und konnte mich zur Prüfung melden.

Ich zog aus den zwei Zimmern Küche,
Bad aus und suchte Ende des Jahres,
etwas ruhiges, Zentrales und kleineres,
um meine Magisterarbeit
schreiben zu können.
Karen half bei der Suche.
Anfang Dezember zog ich in eine zweier
WG in das Südviertel.
Mein Mitbewohner war ein
Pharmaziestudent des höheren
Semesters. Ich bezog ein kleines Zimmer
in der Dachwohnung unmittelbar an der
Lahn. Das Jahr war zu Ende und die
Magisterarbeit konnte kommen. Das
Ende der 90er verbrachte ich etwas
anders als ich es immer geplant hatte.
Wir erwarteten das ominöse Jahr 2000.

Das Millennium…!

Peter und Ich machten, wieder einmal,
eine Silvestersendung im Radio, gaben
fast alles und gingen nach Hause. Karen
war mit Freunden in ihrer WG.
Ich wollte und konnte nicht mit feiern.
Mir war so gar nicht nach feiern.
Ich wusste dass im folgenden Jahr viele
Weichen neu gestellt werden sollten.

Wissen Sie wo Sie am 31.12.1999 um 23Uhr55 waren?

Ich schon.

Ich war etwas traurig und erlebte den Wechsel in das Jahr 2000, das Millennium, an der Ecke Universitätsstraße/Gutenbergstraße, mein neu erworbenes Mobilfunktelefon, auch Handy genannt, in der Hand.
Kein Empfang…das Netz war zusammengebrochen…!
Ich ging nach Hause, trank eine Flasche Wein und wachte im Jahre 2000 auf.

Manchmal kommt es anders als man eben denkt.

5. Jahr 2000

Die 90er waren also vorüber und meine
Seminar Zeit auch.
Ich meldete mich im Januar zur Prüfung.
Für die Fachschaft kandidierte ich nicht
mehr und verlängerte auch nicht meinen
Studienberatungsposten.
Ich wollte und musste mich auf das
Wesentliche konzentrieren.
Na ja, die Orientierungswoche
organisierte ich trotzdem und
Radiosendungen machten wir auch.

Man braucht ja einen Ausgleich im
Leben eines Magistraten. Ich begann
meine Abschlussarbeit zu schreiben.
Karen hatte sich auch gemeldet und so
kam es, dass wir gemeinsam auf die
Zielgeraden gingen. Das war auch gut
so, denn durch sie bekam ich die
Richtung für das Ziel vorgegeben.
Wir arbeiteten an unseren
Magisterarbeiten, das ganze Jahr bis es
Herbst wurde und der Abgabetermin im
September nahte. Doch zuvor genossen
wir die gemeinsame Zeit.

Zum Beispiel nach unseren Sendungen
und verbrachten wunderschöne Abende
mit Wein und Kerzenschein in der
Wohnung im Dachgeschoss nahe der
Lahn. Wir hörten Musik und wir hatten
viele gemeinsame Lieder.

Eines davon war von Melissa Etheridge
und trägt den Titel
„You can sleep while I am drive"

"Come on baby let`s get out of this town
I got a full tank of gas with the top
rolled down
Theres a chill in my bones
I don't want to be left alone
So baby you can sleep while I drive
Ill pack my bag and load up my guitar
In my pocket Ill carry my harp
I got some money I saved
Enough to get underway
And baby you can sleep while I drive"

Melissa Etheridge - You Can Sleep
While I Drive

Karen mochte das Lied nicht, obwohl es
doch zu unserer Grundstimmung passte.

Sie bevorzugte ein Lied von
Eagle Eye Cherry.

„Save tonight"

Obwohl beide Lieder zur Stimmung
passten, verstand ich nicht warum Karen
gerade dieses Lied als
sehr symbolisch empfand.

*"Go on and close the curtains
'cause all we need is candlelight
you and me and the bottle of wine
and hold you tonight
Well, we know I'm going away
and how I wish, I wish it weren't so
so take this wine and drink with me
let's delay our misery...
Save tonight
fight the break of dawn
Come tomorrow
tomorrow I'll be gone"*

Eagle-eye Cherry - Save tonight

Ich habe erst Jahre später kapiert
was sie damit sagen wollte.

Den Sommer saßen wir an der Lahn und
korrigierten gegenseitig unsere Arbeiten.
Es war ein warmer, guter Sommer im
Jahre 2000. Dann ging alles sehr schnell.
Abgabe der Arbeiten, Klausurtermine,
Termine für die mündlichen Prüfungen.
Erstaunlicherweise schaffte ich alles, ich
hatte den perfekten Schwung.
Der Herbst war gekommen und mit ihm
die Prüfungen. Ich ließ es mir jedoch
nicht nehmen noch einmal die
Orientierungseinheit zu leiten,
meine letzte und größte.
Mit über 500 Anfängern und mit der
geilsten OE Fete die ich während der
ganzen Zeit erlebt habe.

Die Magisterarbeit bestand ich,
ebenso wie die Klausuren. I
m Dezember bestand ich mühelos die
mündlichen Prüfungen. Karen auch.

Es war Vorweihnachtszeit
und es war vollbracht.
Alle Scheine waren geschrieben, alle
Feten waren gefeiert
und wir hatten viel erlebt.

„Wir waren Magister und das mit
„Gut"!"

Ziel erreicht,
Sieg auf der ganzen Linie!

Karen bekam ein Volontariat, bei einem
Lokalsender, in einer kleinen Stadt in
NRW. Sie hatte es geschafft und wollte
das Radio zu ihrem Beruf machen. Was
ich wollte wusste ich nicht so ganz. Ich
bekam ein Jobangebot als Caster in
Köln, ab dem 1. Februar des
kommenden Jahres, ich nahm an.

Karen verließ Marburg, zwischen den
Jahren, Ende Dezember und sollte nie
wieder kommen.

Das wussten wir wohl beide,
als wir zum letzten Mal zusammen auf
dem Bahnsteig, am Hauptbahnhof
standen und auf den Zug warteten,
der sie in Richtung Norden in ein
anderes Leben bringen sollte.

„...Vielleicht wäre es besser, es wär so
nie passiert,
doch vielleicht ist so ein feiges Wort.

87

Wir haben immer gekämpft und kein
Sandkorn verschenkt
und jetzt stehen wir hier ...und ich bereue
nichts ...
...nicht einen Schritt, nicht einen
Augenblick davon,
auch wenn es verloren ist, auch wenn es
für uns nicht reicht,
es war doch nichts umsonst ...alles
davon, war es mir wert!"
„Und ich dank dir für jeden Tag bei dir"

(Silbermond-„Ich bereue nichts")

Im Fahrtwind, des abfahrenden Zuges,
blieb ich zurück.

Das Jahr 2000 endete
und wir waren Magister.

„Save tonight"!?!

Erst Jahre später hab ich es kapiert,
wie viel Symbolik in diesem Text liegt.

Das war Karens Motto!

88

6. Jahr 2001

Es war Januar und ich bereitete mich auf
den Auszug aus der Dachwohnung an
der Lahn vor. Es sollte auch ein
Abschied aus Marburg werden.
Ich machte alleine noch einige
Radiosendungen und inszenierte eine
hochdramatische letzte Sendung von
„Was geht". Das war's dann.
Ich packte Ende Januar meine Sachen,
lagerte sie bei meiner Familie ein und
machte mich, nach einem
Zwischenstopp, nach Köln auf.
Das Leben nachdem Magister in
Marburg…konnte beginnen! (zig!)
Marburg war Geschichte für mich,
so dachte ich.

Doch dazu, richtig Sie ahnen es, später.

Ich kam also in Köln an und mir wurde
ein Schreibtisch in einem Großraumbüro
in Köln-Dellbrück zugewiesen. Ich war
Caster und sollte Kandidaten für eine
super neue Reality Show besetzten,
welche bei einem bekannten
Privatsender laufen sollte.

Es sollte so eine Art Big Brother auf Rädern werden. Hieß „Der Bus" und wurde wohl schon erfolgreich getestet. Mit holländischen Kandidaten die durch Spanien fuhren.

Ich schaute die Bewerbungen an und entschied wer so verrückt sein konnte da mitzumachen und wer eine gute Lebensgeschichte hatte. So die Kriterien.

Vielleicht hätte ich mich ja selber bewerben sollen, sagen sie vielleicht!? Von wegen, ich bin zwar etwas verrückt, aber doch nicht wahnsinnig, mich auf engsten Raum mit andern total speziellen Leuten irgendwelchen Aufgaben zu stellen, die das Publikum, sagen wir es nett, erheitern. Die Sendung sollte als Gegenpart für die zweite Staffel einer andern Realitysendung eines Konkurrenzsenders laufen. Sie trug den schönen Namen „Girls Camp" und bestand daraus das sich sechs höchst unterschiedliche Frauen in einer Haus WG, auf einer Insel, anzickten.

„Der Bus" sollte als Gegenwaffe für die zweite Staffel von „Girls Camp" dienen.

So saß ich den ganzen Tag in meinem Sessel und telefonierte mit total verrückten Leuten, bzw. mit vielen die

sich dafür hielten. Schwule, schicke
Filialleiter von Discountsupermärkten
und pseudo- Popstars mit Glitzerfotos
und tollem Künstlernamen wie etwa
Gino Ginneli, oder so ähnlich.
Ich bitte sie, kein Mensch heißt so:
„Gino…Ginneli", so was.
Nach zwei Stunden Telefoncasting
mit Gino entlockte ich ihm seinen
bürgerlichen Namen.
Dieter Heberle…Nun wusste ich warum
er einen Künstlernamen hatte und stur
darauf beharrte das er wirklich Gino
G…. Sie wissen, schon heißt.
Ich fand den Job durchaus unterhaltsam
wie sie merken.

Dann geschah folgendes:
Wie immer verfolgten wir die Quoten
der Konkurrenz. Sie fielen nach unten.
Verständlich, weil den Girls im Camp so
langsam die Themen ausgingen.
Sich eine Sendung anzusehen wo der
Gesprächsstoff zumeist daraus besteht
über die anderen zu lästern und sich
Schminktipps auszutauschen ist nun mal
nicht jedermanns Sache.

Na ja, ich war beim Privatfernsehen und nicht, wie von Professor P., vor Jahren empfohlen, bei einem Satiremagazin gelandet. Das war die grausame Realität.

Wie schlimm die Quotenlage für die Konkurrenz ist bemerkte ich eines Mittags beim Verfolgen der Girlysendung.
Sie schickten eine neue Kandidatin in das schöne Haus, am Strand, auf der Insel wo die Zicken hausten. Nix besonderes sagen Sie? Kann sein. Wenn es sich um die Kandidatin nicht um eine Transsexuelle gehandelt hätte.
Ein echter Lady Boy oben Frau unten Mann wie der total tolerante Moderator erklärte.

Ich dachte nur:
„Mensch Christian, die müssen echt verzweifelt sein wenn sie zu solchen Mitteln greifen".

Waren sie auch! Die Quote war so weit nach unten gerutscht das die zweite Staffel gefährdet war.

So war es denn auch, da half auch kein
Teilzeitgirl im Camp!

Die zweite Staffel vom
„Girls-Camp" wurde gecancelt, wie
man in solchen Fällen beim
Privatfernsehen sagt. Die Folgen für uns,
bei der geilen Sendung „Der Bus" war
klar. Man brauchte die Show nicht mehr.
In den Büros der Chefcaster herrschte
Hektik. Sie telefonierten den ganzen Tag
um sich einen neuen Job zu besorgen,
ohne den Castern im Großraumbüro,
also auch mir, etwas davon zu sagen
wie die Lage sei.

Ich konnte es mir denken und beschloss
das Casterbüro zu verlassen, um mir die
Mittäterschaft, Verzeihung Mitarbeit, an
legendären Sendungen…wie etwa
„Big Diät" zu ersparen. So konnte das
Leben nach dem Magister nun wirklich
nicht aussehen.

Doch was nun? Ich fuhr in die kleine
Stadt, wo Karen Radiovolontärin
geworden war. Sie sagte ich solle
kommen und wir besprechen
was ich tun sollte.

Karen wohnte in einer zwei Zimmerwohnung und hatte sich inzwischen eingerichtet. Wir verstanden uns sehr gut, doch die Magie von unserem Zusammenleben in Marburg schwand. Wir kamen zu dem Schluss dass ich promovieren sollte, das gab mir Sicherheit und ich könne mich in Ruhe umsehen. Gute Idee. Die Frage war nur wo sollte ich Promovieren? Berlin? Hamburg? Köln? München, Göttingen? Oder gar Gießen? NEIN! Sie ahnen es…! Ich entschied mich für Marburg, schließlich war ich ja noch eingeschrieben, weil ich nicht das ganze Prüfungssemester verbraucht hatte, das zahlte sich nun aus.

Am nächsten Morgen fuhr Ich hin.
Marburg war nur eine Autostunde entfernt.
Was für ein Zufall.

Es war inzwischen März geworden und ich meldete mich erst einmal in einem andern Fach zurück. Ich hatte aus Sicherheitsgründe mich, schon ein Jahr zuvor, in einem Zweitstudiengang

94

eingeschrieben. Deutsch und Politik auf Lehramt. Natürlich wollte ich kein Lehrer werden. Doch diese Taktik zahlte sich nun aus. Ich stellte einen Antrag auf Annahme als Doktorand, er sollte im April genehmigt werden. Das wurde er auch. Ich hatte eine neue Aufgabe.

Ich sah mich nach einem Zimmer um. Ich überlegte, es sollte möbliert sein, Voll möbliert, keine lästigen aus und umbauten. Doch wo bekam ich so schnell ein passendes Zimmer her? Die Lösung war nahe liegend, ich ging zum Studentenwerk und fragte nach einer Bleibe. Ich hatte Glück, das Sommersemester hatte noch nicht angefangen und ich wurde zum Studentendorf geschickt. Das Dorf besteht aus einer Ansammlung von Wohnheimen nebst Gemeinschaftshaus. Dort sollte in Haus 11 dem Lomonosovhaus ein Zimmer frei sein, im 4. Stock. Ich sah es mir an. Nun was soll ich sagen, es war eher Zellen mäßig. 3 x 2,5m (Ich habe extra nachgemessen) also ganze…na rechnen sie mal….Na? 7,5 qm! Richtig!

Das Ganze mit zwei
Gemeinschaftsdusche und zwei Toiletten
welche ich mit 9 andern
Zellengenossen ,Verzeihung
Mitbewohnern, teilen sollte.
Die Küche war eine Etagenküche mit 18
Teilnehmern. Groß WG eben. Na danke!

Das Zimmer hatte jedoch einen für mich
unbeschreiblichen Vorteil:
Die Aussicht!!!
Vom Zimmer konnte man über ganz
Marburg sehen inklusive Schlossblick
und wenn es dunkel wurde, das alles mit
Beleuchtung.
Ich nahm das Zimmer und wohnte von
nun an in der 4. Etage des Lomonosov
Hauses, Studentendorf Marburg.
Kurz Lomo4 genannt.
Ich nannte das Zimmer sinnigerweise
meine Dissertationszelle.

Die erste Person auf die ich traf
war Atze.
Atze war ein umtriebiger Jurastudent im
3. Semester, der etliche Geschäfte
betrieb, zum Beispiel den Kiosk im
Gemeinschaftshaus. Er begrüßte mich
und wir sollten uns anfreunden und noch

viel miteinander erleben. Doch dazu später. Ich wollte zu dieser Zeit so wenig wie möglich mit den anderen zu tun haben. Ich bewarb mich weiter überall. Beim Radio, beim Fernsehen und anderen Medien. Nichts glückte. Ich arbeitete an meiner Doktorarbeit und das lenkte mich etwas vom Misserfolg ab. Ich bewarb mich auch um Uni Jobs. Nichts. Den Sommer verbrachte ich mit kleinen Jobs, wie z.B. Kataloge ausfahren. Toll! Ich bekam überall Absagen. Mit Karen lief es auch nicht mehr. Wir sahen uns kaum und telefonierten nicht mehr so viel. Im September fuhr ich noch einmal In die kleine Stadt in NRW und wir sprachen, die halbe Nacht und kamen zu dem Schluss dass wir keine gemeinsame Zukunft haben. Wir hatten geile Zeiten zusammen aber nun war es vorbei.

Mir ging es weniger gut, nach all dem was ich bis dahin erreichte. Ich trauerte dem Leben vor dem Magister, verständlicherweise, nach.

„Hast du geglaubt, hast du gehofft, dass alles besser wird?

Hast du geweint, hast du gefleht, weil
alles anders ist?
"Wo ist die Zeit, wo ist das Meer?
Sie fehlt, sie fehlt hier.
Du fragst mich, wo sie geblieben ist.
Die Nächte kommen, die Tage gehen,
es dreht und wendet sich.
Hast du die Scherben nicht gesehen, auf
denen du weitergehst?

Wo ist das Licht, wo ist dein Stern?
Er fehlt, er fehlt hier.
Du fragst mich, wo er geblieben ist.

Wird alles anders?
Wird alles anders?...
...Die Lichter sind aus,
es ist schwer zu verstehen,
du siehst hilflos zu,
wie die Zeiger sich drehen
du siehst deinen Stern
Ihn kann nichts mehr zerstören
denn du weißt dass es geil war
dass es geil war
uns war kein Weg zu weit.
Du fehlst hier.

Ja ich weiß, es war 'ne geile Zeit,
hey, es tut mir Leid,
es ist vorbei.„

(JULI: „GEILE ZEIT")

Zwischennotiz:

Ich trank zu viel Bier und Wein
und verkroch mich meist in
meiner Zelle mit Blick auf das
Schloss, rauchte und hörte
traurige Lieder.
Verarbeitung nennt man das
wohl.
Wie auch immer, ich wollte
mich nicht unterkriegen lassen.

Im Dezember bekam ich einen Job als
Betreuer, für Kids ohne Hauptschulabschluss.
Naja wenigstens eine Aufgabe.
Ich rappelte mich wieder auf. Das Jahr 2001
ging. Für mich war es kein besonderes
Gutes Jahr. Ich fing von vorne an.

7. Jahr 2002

Ich begann nun mich mehr in der Küche
aufzuhalten und mir Gesellschaft bei
meinen Mitbewohnern zu suchen.
Ansonsten passierte nicht viel in diesem
ersten Halbjahr bis der Sommer kam.
Ich betreute, 2-mal die Woche, die
Jugendlichen, natürlich mit der Mithilfe
von erfahrenen Supervisor, die dafür
sorgten dass sie so wenig Drogen wie
möglich nahmen bzw. nicht mit ihnen
Handelten. Immerhin hatte ich eine
Aufgabe.
Ich arbeitete weiter an meiner
Doktorarbeit.

Mit Karen hielt ich meist telefonisch
Kontakt. So einfach kann man sich eben
nicht vergessen, nach alle dem was wir
zusammen erlebt hatten. Sie merken,
die Stimmung ist in dieser Zeit nicht
besonders gut. Von jemanden mit dem
ich auch viel erlebt hatte, aber in einer
anderen Zeit, sollte ich Mitte September
hören. Von meinem alten Freund Marc.
Ich hatte länger nichts mehr
von ihm gehört.

Marc wurde alles was er wollte.
Er wurde Gärtner, erst Geselle,
dann Meister.
Er wurde Ehemann und Vater.
Er wurde Firmeneigentümer und reich.
Er wurde alles was er wollte, nur eins
wurde er nicht: Alt!
Marc starb an einem Samstag im
September
an Krebs.
Er wurde keine 35 Jahre alt.
Montags rief seine Frau mich an.

Ich ging zur Beerdigung. Ehrensache.
Alle waren da, auch Annabelle, die
erstaunt und zu gleich froh war mich zu
sehen. Wir gaben ihm den letzten Gruß.
Ich stand am offenen Grab, schmiss die
obligatorische Schaufel Erde auf den
Sarg und sagte ihm:

*„Mach es gut mein Freund…
Ich bleibe noch etwas"*

Das Jahr endete sehr traurig und ich
hoffte das endlich bessere Zeiten
kommen würden.

2002 war vorbei.

8. Jahr 2003

Anfang 2003 saß ich meist im PC Pool in der Universitätsstraße und arbeitete an meiner Doktorarbeit und durchsurfte das Internet nach einer Sinnvollen Tätigkeit. Wir hatten inzwischen Februar und ich stieß auf eine Online Anzeige die vieles verändern sollte. Das Landestheater suchte nach Kleindarstellern für eine Großproduktion. Ich hatte zwar, zu diesem Zeitpunkt, so gut wie keine Bühnenerfahrung, aber egal. Ich antwortete per Mail und bekam kurz darauf einen Anruf aus dem künstlerischen Betriebsbüro. „Ich sollte mal vorbei schauen" Das tat ich dann auch. Am nächsten Morgen stand ich vor dem Eingang der Verwaltung des Landestheaters und sah das riesige Plakat das die Premiere der Großproduktion für April schon ankündigte. Das Stück hieß „Wilhelm Tell" und ist bekanntlich das letzte Bühnenwerk von Friedrich Schiller, bevor es ihn mit Mitte 40 dahin gerafft hat. Sie sehen ich bin schon voll in der Bühnensprache.

Super dachte ich!

Ich wurde, mit anderen Bewerbern, dem
Regisseur vorgestellt und da sich gar
nicht so viele beworben haben, nahm er
uns alle und verteilte die Rollen. Ich
spielte einen schweigenden Schweizer,
im blauen Anzug, der nur einen Satz
während des gesamten Stückes
zu sagen hatte:
„ Schlagt sie"!

Eigentlich sollte es heißen:
„Schlagt sie zu Boden",
aber der Satz würde gekürzt.

Außerdem gab ich den Abt in der
Schluss-Szene, welcher von links nach
rechts die Bühnenseite wechselt und den
Abgesang auf den bösen Gessler
runter predigt:

*„ Rasch tritt der Tod den Menschen
an....es ist ihm keine Frist gegeben, es
trifft ihn mitten in der Bahn es reißt ihn
fort von vollem Leben bereitet oder nicht
zu gehen er muss vor seinen Richter
stehen" (Schiller)*

Den Dichter dieser Zeilen riss es ja
bekanntlich, kurz nachdem er sie
geschrieben hatte, dahin. Was für ein
Timing! Sie merken schon, es ging mir
merklich besser. Wir probten in dem,
inzwischen geschlossenen, Kino wo ich
Jahre zuvor mit Karen Titanic gesehen
hatte. Sechs Wochen lang. Ich lernte wie
professionelle Theaterarbeit funktioniert.

Ich lernte schnell.

Der Regisseur…
hatte so seine eigenen Vorstellungen von
Theater. Er inszenierte den Tell
eher…moderner.
Das hieß: Alle in modernen Kostümen,
meist Anzüge. Das Bühnenbild eine
Kneipe und ein Feld. Als Krönung
trugen wir dann noch alle Masken,
welche die Vergänglichkeit darstellen
sollte. So oder so ähnlich. Ich wurde
also, wie die anderen, mit einer
Stoffmaske, welche eigens individuell
für jeden geschneidert wurde
ausgestattet. Endlich war mal wieder
was los in meinen Leben. Ich fühlte
mich richtig wohl auf der Bühne und
agierte voller Frische, als Anführer der

Lumpen vor der berühmten Hut Szene.
Ich lachte richtig dreckig. Die Lumpen
verarschen nach Herzenslust
die Wachen!

Wenn sie jetzt nicht wissen wovon ich
überhaupt erzähle, liegt es wohl daran
das sie weder Wilhelm Tell gelesen noch
gesehen haben…Nachholen!

Die Masken irritierten etwas das
Publikum, aber das war wohl so geplant.
Das Stück lief bis zum Sommer über 25-
mal Nicht nur in Marburg. Wir fuhren
mit dem Bus Kreuz und Quer durch
die Republik. Wir spielten in 6
Bundesländern und es machte echt einen
riesigen Spaß, den Abend damit zu
beenden Applaus zu bekommen.

Ich hatte Blut geleckt.
Die Welt der Bühne ließ mich
von nun an nicht mehr los.

In Marburg wurde das Stück immer mit
Maske gespielt, aber der Regisseur
entschloss sich bei Gastspielen die
Masken wegzulassen.

Na ja, in der Provinz herrschte damals wohl kein großes Kunstverständnis.

Es gibt zwei Sachen, in Zusammenhang, mit diesem Stück, die werde ich niemals vergessen. Die eine war eine Schülervorstellung morgens um 10 Uhr im Erwin Piscator Haus.
(auch Stadthalle Marburg genannt)
Das Theater war voll! Ausverkauft! Was in diesem Fall bedeutet über 1000 Zuschauer. Ich ahnte was kommen würde, als ich in der Anfangsszene, wie immer an meinem Tisch in der Kneipe saß, an meinem alkoholfreien Bier nippte, (der erfahrene Kollege am Nebentisch sagte noch das die Jugendlichen ganz friedlich seien und um diese Zeit noch schlafen würden) und der Vorhang sich öffnete. Eine wilde Menge johlender Jugendlicher bildeten das Auditorium. Das waren keine Zuschauer, das waren Monster! Die meisten waren offensichtlich nicht freiwillig da und konnten mit Theater so gut wie nichts anfangen.

Also machten sie sich einen Gag daraus indem sie Szenenapplaus gaben, und versuchten die Akteure auf der Bühne aus der Rolle fallen zu lassen, indem sie uns mit F…Wörtern beschimpften und Sachen brüllten wie „hängt euch auf"! Das ging über zwei Stunden so. Die Monster hatten eine Mordskondition und der Lehrkörper viel zu tun. Was ich so mitbekam. Wir ließen uns natürlich nicht aus der Fassung bringen und spielten stur unseren Stiefel runter. Ja da haben die Monster, die zum Schluss sehr lange applaudiert haben, dumm geschaut. Nach 10 Minuten sind wir einfach nicht mehr zum Applaus auf die Bühne gegangen, der Regisseur meinte nur:

„Wir lassen uns doch nicht verarschen" (na also wirklich nicht…)

Vor dem Theater sahen die Monster wieder wie ganz normale Teenager aus. Nur gegähnt haben sie nicht.

Schon schlimm so ein Schülerleben.

Die andere Sache war die letzte
Vorstellung (auch Derniere genannt)
des Wilhelm Tell.

INFORMATION

*Die **Dernière** (frz. „letzte") ist analog
zur Premiere, der ersten Aufführung
eines Bühnenwerks, die letzte Darbie-
tung einer Inszenierung Es ist – zumindest an deutschsprachigen Theatern –
vielfach üblich, in die Dernièrenvorstel-
lung einen sogenannten „Dernèrengag"
(auch Dernièrenscherze genannt) ein-
fließen zu lassen. Dieser Gag ist ein
kleiner Spaß, der von einzelnen Darstel-
lern eingebaut und nur vom Ensemble
und Eingeweihten erkannt und verstanden wird. Der Dernèrengag ist aber
zugleich gefürchtet, da schon mit winzi-
gen Text- oder Requisitenänderungen
der Sinn des Stückes verändert werden
kann. Regeln der Dernèrenscherze: Das
Publikum darf davon nichts mitbekom-
men und das Stück darf weder darunter
leiden, noch dürfen grundlegende Inhal-
te verändert werden. (Wikipedia)*

Diese fand in Hagen statt.
Es war Mitte Juli.
Das Theater war gut gefüllt. Es sollte die
berühmte Apfelschussszene kommen.

Der Apfel war Requisit, aber der Gessner
holte sich vorher einen frischen schönen
echten Apfel aus einem Korb. Wir sahen
in der Szene alle im Bücken Gessner an,
wie er den frischen Apfel aus dem Korb
holt. So war es inszeniert und so lief es
immer ab. Bei den Proben und bei allen
Vorstellungen zuvor. Er griff in den Korb
doch zu seinem Erstaunen hielt er keinen
roten Apfel in der Hand sondern eine
grüne Birne!!!
Er schaute uns verblüfft an. Wir mussten
uns das Lachen verkneifen und der ein
oder anderen musste grinsen.

Kein Apfel!!!

Doch da der Darsteller des Gessler
(übrigens er war gleichzeitig Regisseur
des Stückes) jedoch schon ziemlich
lange Schauspieler war, blieb es bei
ungefähr fünf Schrecksekunden und er
nahm stattdessen einen Plastikapfel und
die Szene ging wie geplant weiter.

109

Er verlor danach kein Wort über den
Zwischenfall und ignorierte ihn einfach.

Wir nicht.

Was für ein Einfall!
Es kam nie raus wer die Birne in den
Korb geschmuggelt hat.

Ich jedenfalls nicht! Glauben sie mir!

Das Stück war damit abgespielt und ich
hatte schon eine andere Produktion
gefunden. Schon seit Mai probten wir in
einem Theater hinter dem Bahnhof ein
Stück namens „Ladys Night" ein.
Kommt ihnen irgendwie bekannt vor?
Ja? Nein? Mir schon, ich war der
Regieassistent und Beleuchter.
Der Clou daran war, dass sich die
Darsteller am Schluss in einem Strip
ausziehen Wir haben 8 Wochen geprobt,
6 davon den Strip.

Mit dabei war Ingo. Ingo war ein erfahrener älterer Darsteller mit dem ich mich anfreundete und noch so manche schöne Theaterarbeit machen sollte.

Doch dazu, sie wissen es schon. Später.

Das Stück war ein voller Erfolg und bei der Gagenverteilung der ersten 10 Vorstellungen erhoffte ich mir endlich etwas Geld. Ingo meinte witzelnd ich solle doch mal telefonieren gehen.
Ich blieb und erwartete meine Top Gage.
Doch der kleine Regisseur, der wohl auch Produzent des Stückes war, erklärte mir dass es wenig zu verteilen gibt.
Ich bekam also weniger als ich erwartet habe. Doch wie so oft fand ich es Sch…ade. Doch ich blieb und es wurden noch sehr viele schöne unvergessliche Vorstellungen.

Notiz: 16. Juli 2003
Im Wohnheim sind heute jede
Menge Austauschstudenten
eingezogen, um die
Sommerakademie zu besuchen!

Am Anfang dachten die
Austauschstudenten,
meist Amerikaner, man müsste wirklich
was tun. Doch spätestens nach drei
Tagen merkten sie dass die
„Germans" das total locker sahen.

So sah ich den einen oder anderen
wackeren Collegeboy schon mittags, um
12.00Uhr, betrunken an der
Bushaltestelle stehen.
Wenn das Bush gewusst hätte.

Einer davon hieß Tosh, ein Surf Boy aus
Kalifornien, der eigentlich ein einziger
Muskel war. Er und seine Kumpels
saßen den ganzen Tag auf dem
Panoramabalkon tranken Bier und
versuchten mit uns zu reden.

Der meist mangelnden
Deutschkenntnisse wegen sprachen sie
meist Englisch mit uns.
Ein Beispiel gefällig?

OK? Are you ready?
Tosh meinte einmal,
bei einem Gespräch über Autos:

„I like the BMW Sports car…
With the Pussy in it"
Was ungefähr so viel bedeutet wie:
„Ich mag den sportlichen BMW mit der
netten Beifahrerin."
(Wörtlich möchte ich das nicht
übersetzen).

Toshs Ziel war Sara. Sara war einen
blonde Norditalienerin Mitte 20 und
ziemlich sexy. Sie hatte allerdings einen
Blick auf mich geworfen und stand
offenbar mehr auf schlanke Typen die
nicht schon mittags zwei Liter
Bier intus hatten.
In diesem Sommer entdeckte ich auch
meine Libido wieder. Wir saßen alle auf
dem Balkon. Tosh machte wie immer
Sara an. Sara setzte sich aber
auf meinen Schoß und fragte mich

ob ich ihr bei der Übersetzung eines Textes ins Deutsche helfen könne.
Klar konnte ich. Wir gingen also in ihr Zimmer. Wir waren zwei Stunden verschwunden. Als wir wieder auf den Balkon zu den anderen gingen, war Tosh etwas irritiert. Er fragte mich wie ich es geschafft habe mit Sara
aufs Zimmer zu gehen.

Meine Antwort war ganz einfach:
"I am able to speak and write German", Tosh!!! Ich kann deutsch!
Sorry! Bad Joke!
Tja, Sara war schon eine klasse Frau. In jeder Hinsicht! Der Sommer ging und Sara auch. Im Herbst spielten wir Ladys Night hoch und runter, überall.
Ich entschloss mich meine Doktorarbeit einzureichen und machte mir wenig Gedanken darüber, dass der Prof. mit der Methodik der Empirie so gar nichts anfangen konnte. Ich wollte ja auch nicht mehr an die Uni. Ich hatte etwas viel besseres gefunden!

Einen Zauberkasten! Das Theater! Die Bühne!

Das Jahr ging zu Ende und ich verbrachte mein erstes Silvester als Akteur am Theater. Wir gaben zwei Vorstellungen von „Ladys Night", an diesem Abend, beide restlos Ausverkauft. So macht das Leben Spaß! Ich beschloss im kommenden Jahr selbst ein Stück auf die Bühne zu bringen. Es wurde wieder spannend.

Sie waren wieder da:

Die besseren Zeiten.

9. Jahr 2004

Ich hatte selbst ein Bühnenstück
verfasst, es spielte in einer Bar.
Woher hatte ich nur die Idee?
Irgendwie hatte ich das Gefühl zu oft im
Tell mitgespielt zu haben, der ja im
ersten Akt in der Kneipe spielte.
Wie auch immer, ich suchte eine
Lokalität für die Uraufführung.
Ich fand sie in Frankfurt, in der Bar des
Theaters.
Ich inszenierte das Stück in einer echten
Bar.

Doch zuvor bekam ich Post von der Uni.
Meine Doktorarbeit wäre begutachtet
worden und ich sollte mal
vorbeikommen, so der grobe Inhalt des
Schreibens. Ich ging zum Dekanat. Der
Vorsitzende des Ausschusses erklärte
mir, mit düsterer Miene, dass man meine
Doktorarbeit nicht angenommen habe.
Die Methodik wäre nicht
nachvollziehbar und so weiter und so
weiter. Was kann ich denn dafür, wenn
gewisse Leute Volltheoretiker sind und
nicht das Geringste mit Empirie
anfangen können?!

Ich hatte im Studium gelernt das man so arbeitet. Na ja immerhin habe ich die Sache zu Ende gebracht, nicht wie andere die irgendwann ihre Doktorarbeit in die Schublade legen und einfach vergessen. Ich hielt durch!
Bis zum bitteren Ende.

Ich wollte ja eh nicht mehr an der Uni bleiben, sondern raus in die weite Bühnenwelt. Also alles halb so schlimm, nur eben ärgerlich, sehr ärgerlich. Es wurde Frühling und ich verließ meine Dissertationszelle mit Schlossblick nach 3 langen Jahren. Es gab noch eine Party in der Küche und Atze war ziemlich betrunken…ich glaube, ich auch. Ich packte meine Sachen und ging nach Frankfurt, um mein Stück uraufzuführen. Im Mai sollte es soweit sein.

Das Theater hatte wenig Werbung dafür gemacht und so kam es das etwa 50 Zuschauer, darunter auch Karen, die inzwischen beim Radio als Reporterin arbeitete, in der Bar saßen und den Klängen und Tönen meiner Schauspieler und Musiker zuhörten. Immerhin hatte ich es geschafft das Stück uraufzuführen.

Ja wir hatten immer noch Kontakt,
Karen und Ich. Mehr aber auch nicht.
Die Spielzeit näherte sich dem Ende und
das Stück schaffte es nicht in die
Wiederaufnahme.
Ich aber hatte schon das nächste Projekt
im Auge. Ein Solostück über einen
verbitterten Deutschlehrer.
Ich hatte die tolle Idee es in einer Schule
zu inszenieren.
Mein Darsteller sah wirklich echt aus,
wie ältere Deutschlehrer
ebenso aussehen.

Die Premiere fand in der kleinen Aula
meiner alten Schule statt und mein alter
Deutschlehrer Herr A. saß neben mir, als
wir danach Fragen zum Stück
beantworteten. Klasse! So hatte ich es
mir vorgestellt. Der Sommer kam und
ich spielte das Stück noch ein paar Mal
an Schulen. Schade eigentlich, dass es
nicht mehr aufgenommen wurde.
Es war so ein schönes Solo!

Ich dachte noch oft an Marburg ,
kam aber zu dieser Zeit nicht dazu
Besuche zu machen, obwohl
ich nicht weit weg war.

Der Herbst kam und ich hatte bei einer
Regionalen Fernsehstation einen Job als
Moderator ergattert:
Es war eine Quizshow zum Feierabend.
Der Produzent war echt dick und wie ich
von seinem Producer erfuhr hatte er
schon alles möglich produziert,
auch Pornos.
Ich beschloss wieder nach Marburg zu
ziehen. Ich bezog ein Appartement mit
Schlossblick, welches mir zur
Zwischenmiete überlassen wurde.

Ich war wieder da!

Ich pendelte zu meinen Sendungen. In
dieser Show konnte man dreistellige
Geldbeträge gewinnen. Die Leute riefen
live an und beantworteten Fragen. So
eine Show wie sie halt auf den kleineren
Privatsendern häufig laufen. Das ging
eine Weile so.

Ich wechselte mich mit einer Kollegin
ab, immer wochenweise. Eines Tages
fiel die Sendung aus. Ich bekam vom
dicken Pornoproduzenten eine SMS mit
folgendem Text:

„Bin im Meeting"!
Ich schrieb zurück:
„Ich auch"!!

Denn der Sender wusste von nichts und
fragte mich wo er denn sei?
Keine Ahnung sagte ich!

Sein Producer war auch verschwunden.
Ich hatte allerdings einen gültigen
Vertrag und wollte diesen natürlich
einhalten. Am nächsten Tag viel die
Sendung wieder aus, es wurde eine
Konserve gesendet. Der dicke
Pornoproduzent hatte wohl vergessen
dem Sender die Kosten zu zahlen.
Die Sendung wurde kurzerhand
abgesetzt. Meine Gage war er mir auch
noch schuldig. Er hätte mal lieber weiter
Pornos produzieren sollen,
dachte ich mir.

Das Jahr war fast vorbei und ich
arbeitete wieder im Theater hinter dem
Bahnhof. Wir gaben, zum ich weiß nicht
wievielten Male, das Stück mit dem Man
Strip. Ingo der den Dicken gab, fragte
mich ob ich mit ihm im nächsten Jahr
ein Stück machen wolle.

Er hätte da eine Idee, hätte ein Buch und
ob wir beide das Buch nicht als
Theaterstück umschreiben könnten. Ich
hatte Lust und wie. Das Ende vom Jahr
verbrachte ich wieder einmal im Theater
und erwartete 2005.

10. Jahr 2005

Ich war also wieder da.
Ich genoss an Winterabenden den Blick
auf das Schloss und bereitete meine
neueste Theaterarbeit vor.
Ingo spielte darin einen
Modeleisenbahnfan, dieser erzählt über
seine Freuden aber auch über seine
Leiden mit seiner Passion.
Premiere war für den April geplant.
Und so übten wir fleißig, im
Dachzimmer seines Hauses in Gießen,
die Szenen.

Ich inszenierte es mit viel Musik und
später auf der Bühne dann mit viel Licht.
Ein Verwandter von Ingo wurde als
Schaffner angestellt, der am Eingang die
Zuschauer empfängt. Im April war
Premiere und ich muss sagen selbst ich
beeindruckt war. Wir verwandelten ein
langes Wochenende, das kleine Theater
hinter dem Bahnhof, in ein
Modelleisenbahn Wunderland. Ingo war
gerührt. Karen war auch da, mit ihrem
Freund, den ich aber schon kannte,

aus ein oder zwei Besuchen in der
kleinen Stadt in den Bergen von NRW.
Sie sagte mir einmal, dass er
viel mit mir gemeinsam hat.
Mit ihm wäre es aber alltagstauglicher.
Das könnte stimmen…
Liebe war wohl nie unser Problem.

Ingo und ich planten aber schon das
nächste große Stück, ein Stück das das
Theater hinter dem Bahnhof noch nicht
erlebt hat. Es wurde eine Musicalrevue,
welche, nachdem der Termin öfter
verschoben wurde, Mitte September
uraufgeführt wurde. Es gab sogar ein
von mir extra verfasstes Motto Lied.

Intro:
„Ich bin so wie es mir gefällt, dass ist
Rickys Welt

1.
Die ganze Welt ist ein Theater, vom
New Yorker Broadway bis zum Wiener
Prater, von Berlin bis nach Paris und
zurück, dort finde Ich mein Glück----
Denn eins ist für mich klar---
dort werde ich ein Star, ein Theaterstar

2.
Das Theater das ist meine Welt,
dort bin ich so wie es mir gefällt,
das Licht geht an und es ist egal
für wen man mich hält,
das ist Rickys Welt

Outro:

Dann bin ich so wie es mir gefällt,
denn das ist meine Welt
Denn eins ist für mich klar
ich werde ein Star, ein Theaterstar"

Toll oder? Ich war voll im Theaterfieber.

Den Text schrieb ich übrigens in meiner neuen Behausung in der Ockershäuser Allee 1A, nach einer halben Flasche spanischen Rotweins. Dort sollte ich nur vier Wochen bleiben. Von dort zog ich wieder ins Studentendorf, das war in der damaligen Situation die einfachste Lösung sich eine Bleibe zu besorgen.

Wir bereiteten also die Revue vor und sie hatte dann Mitte September Premiere. Ingo und ich waren voll dabei.

Die Revue hatte dann also ihre Uraufführung und sollte mehrere Staffeln haben.

Sollte…hatte sie aber nicht.

Die Leitung des Theaters hinter dem Bahnhof rief uns, nach den ersten drei Vorstellungen, zu sich.

Da saßen wir nun, der kleine Regisseur, der traurige Dramaturg, der dünne technische Leiter, Ingo, andere und Ich.

Es wurden Bedenken geäußert. Der technische Leiter merkte an, dass die Revue viel zu aufwendig sei für das Theater. Der Dramaturg bemängelte die nicht so guten Kritiken und der Regisseur, der sich zur Leitung empor gearbeitet hatte, die fehlenden Zuschauer.

Was war passiert?

Nun, der traurige Dramaturg hatte es offensichtlich versäumt seinen Job richtig zu machen. Ob nun mit voller Absicht oder fahrlässig ließen wir dahingestellt.

Dieser wurde etwas ungehalten
und fragte Ingo und mich:

*„Was wir ihm denn unterstellen
wollen?"*
"Nichts sagten wir,
wir unterstellen gar nichts!
„Wir stellen fest!"
Es kam zum Eklat!

So untersagte ich dem Theater das Stück
weiter zu spielen und trat aus dem
Theaterverein kurzerhand aus.
(Ingo war schon lange ausgetreten).
Ich beschloss mit meinen Theatersachen
die Stadt zu wechseln.
Mein Zimmer im Studentendorf war
sowieso zum 1. Oktober neu vermietet
worden. Ich tauschte die ersten drei
Buchstaben von Marburg, also Mar,
gegen Ham aus. Ich zog in den Norden
nach Hamburg und versuchte dort mein
Glück. Ich exmatrikulierte mich
endgültig, packte meine Sachen und
verschwand. Atze half mir noch das Auto
zu beladen und Peter war etwas sauer
weil ich ihn nicht informiert habe.

Zu Recht, wenigstens meinen besten
Freunden hätte ich davon erzählen
sollen. Mea Culpa.

Ich war also in Hamburg, aber das ist
schnell erzählt. Ich wohnte drei Monate
auf St. Pauli, genoss die Atmosphäre und
versuchte meine Revue an ein Theater in
der Metropole des Nordens zu bringen:
Angebote gab es, jedoch zu Konditionen
die es mir unmöglich machten diese
anzunehmen. Gegen Ende des Jahres saß
ich mit Atze und anderen auf der
Dachterrasse von Lomo4 und
betrachtete, bei bester Aussicht, das
Feuerwerk welches Marburg,
wie jedes Jahr, für 30 Minuten, im
Rauch versinken ließ.

*Zehn Jahre, gefühlter bezahlter Urlaub,
waren vorbei…*

Die Jahre danach...

2006 – 2008

Im folgenden Jahr fuhr ich Kreuz und
Quer durch die Republik, auf der Suche
nach einer kreativen Tätigkeit. Ich kam
viel herum: *Berlin, Dresden, Köln,*
Hamburg, Hildesheim, und München
um nur einige Städte zu nennen.
In München bekam ich einen Anruf,
an einem eisigen Tag im März.
Am anderen Ende war der künstlerische
Betriebsdirektor
eines großen Staatstheaters.
Ich hätte mich beworben und die
Theaterleitung wolle mit mir sprechen.

Ich fuhr natürlich hin. Staatstheater, das
ist ganz große Liga, 1. Bundesliga
sozusagen. Ich bekam eine Stelle,
im szenischen Dienst
mit Abendspielleitung, Vertragszeit
2 Jahre, mit Verlängerungsoption,
an dem großen Theater in der großen
Stadt. Es sollte einiges dort passieren.

Doch das ist eine andere Geschichte.

Im Sommer 2007 reiste ich, mit Atze,
auf so genannte Erinnerungsreise,
wie er es nannte, nach Marburg.
Es fand gerade, wie jedes Jahr um diese
Zeit, drei Tage Marburg statt, das
Stadtfest also, auch kurz 3TM genannt.
Wir liefen bei bestem Wetter durch die
Stadt, schwelgten in Erinnerung und
tranken abends mit Harald und Peter
Bier im Delirium in der Oberstadt.
Es war ein schönes Wochenende und es
war wie immer. Als wären all die ganzen
Jahre nicht vergangen.

Ein Jahr später, im Spätsommer 2008,
hatte ich das Bedürfnis nach einem
Kneipenabend in Marburg, ich weiß
nicht warum und wieso, aber plötzlich
war dieses Gefühl da, das Gefühl ein
gutes Gefühl zu haben. Ich fuhr mit dem
Auto hin und verabredete mich mit
Harald. Er rief mich an. Wo solle er mich
denn abholen? Ich sagte ich stehe mit
meinem Auto an meinem alten Turm
hinter der Phil. Fak.
Er lachte und meinte, dass ich mich
wohl nie ändern werde

Na hoffentlich nicht!
Er kam an den Turm A.

Wir fuhren in die Oberstadt zum Essen.
Gegen 23 Uhr kam Peter, samt seiner
netten Freundin Eva, und wir gingen
Bier trinken, ins Havanna 8, jener
Kneipe in der wir so oft gesessen hatten.
Dann gingen wir über die Oberstadt und
landeten auf einer Haus WG Party, die
immer noch den gleichen Charme besaß
wie in den 90ern.

Ich sah viele bekannte Gesichter.

Schließlich gingen wir, zur vorgerückten
Stunde, noch in eine unserer
Lieblingskneipen, ins Bolschoi.
Dort erzählten wir uns die schönen
Anekdoten.
Von Demos, der Mainzer Gasse,
blutigen Knien und blutigen Nasen.
Aber auch vom Theater und der Uni.

Wir saßen da wie immer.
Peter, Harald und der Christian.
Ich wusste eins an diesem Abend:
Wir sind Freunde fürs Leben!

Als wir nun über den Pilgrimstein nach
Hause schlenderten war es eigentlich wie
immer, als wenn wir von einer Fete in
den 90gern kommen würden. Es war ein
gutes Gefühl mit diesen Leuten durch
die dunkle Stadt zu gehen, die so viele
Namen hat:

„Paradise City", „Rebel Town",
„Tortuga"
oder ganz einfach
„Marburg an der Lahn"

Ich wusste dass ich eine Sache hatte, die
mehr war, als nur ein Wort, eine Sache
die man mit allem Gut und allem Geld
dieser Welt nicht kaufen kann, und diese
Sache heißt Freundschaft.

"Late at night I switch on my radio
I sing myself a lullaby
I close my eyes and wait
till the wind blows round the corner
bringing back the memories to me, uhh
yeah
well we dreamed our lives, and we lived
our dreams
we've sacrificed our future
for a heart of rock'n roll"

"Spät in der Nacht schalte ich mein
Radio an
Ich singe mir ein Schlaflied
Ich schließe meine Augen und warte...

Der Wind weht um die Ecke und
Bringt die Erinnerung zu mir zurück

Wir träumten unsere Leben und lebten
Unsere Träume...Wir opferten unsere
Zukunft für ein Herz Voll Rock'n Roll-

Ich werde diese Tage nicht vergessen
Und ich dachte nie, dass ich das täte
Werde diese Tage nicht vergessen"

-Fury in the Slaughterhouse-
"Won't Forget These Days"

Epilog 2016

Viele von uns leben nun in Berlin,
Hamburg, Köln und München.

Karen lebt irgendwo in Deutschland,
sie ist bestens etabliert und arbeitet,
in Festanstellung, als Radioredakteurin
und Moderatorin.
Ich hoffe sie ist glücklich
und ich hoffe es geht ihr gut.

Ich lebe jetzt überall,
ich komme viel herum,
ich reise viel.

Im Grunde genommen
hat doch jeder von uns allen
sein eigenes, ganz privates Marburg
gefunden.

Aber...überall ist nicht Marburg
und Marburg ist ganz bestimmt
nicht überall.

Das war Sie, meine Geschichte über
zehn Jahre bezahlten Urlaub und einem
Studentenleben.

Einem Leben vor und nach dem
Magister, in Marburg.
Ich hoffe Sie hat ihnen gefallen.

„Komm und schließe den Vorhang,
alles was wir brauchen ist Kerzenlicht.

Du und ich und die Flasche Wein,
um dich heute Nacht festzuhalten.

Ja, wir wissen,
dass ich weg gehen werde
und ich wünschte, es wäre nicht so.

Also nimm diesen Wein-
und trinke mit mir,
lass uns unsere Misere auslöschen.

Sei sicher heute Nacht,
wir kämpfen gegen den Anbruch
des Tages
Sei sicher heute Nacht,
morgen werde ich gehen.

Sei sicher bei mir heute Nacht"

„Save tonight"
(Eagle-Eye Cherry 1998)

Sie sind ja immer noch da!

Na gut, einen habe ich noch...

Ironischer Weise hörte ich im Jahre 2015
ein Lied, dessen Text wie die Faust aufs
Auge passt, und zwar Bosse, mit dem
Titel:
„Die schönste Zeit"
Wie er selbst sagt, ein Lied über seine
Pubertät in den Neunzigern.
Geschrieben hat er es 2013.

Es ist irgendwie so als hätte meine
Erzählung nur auf diese Zeilen gewartet,
um diese Geschichte enden zu lassen.

„Es war 1994 und wir wussten nicht
wohin...also gingen wir in dein Bett]

[...Im Nachtbusfenster der Mond,

der erste Kuss war Erdbeerbowle

und Spucke,

...wie ein Polaroid im Regen:

leicht verschwommen.

Das war die schönste Zeit,

weil alles dort begann.

Und Berlin war wie New York,
ein meilenweit entfernter Ort.
Und deine Tränen waren Kajal...]
[...Das erste...] Tattoo war dann der
Refrain:
It's better to burn out then to
fade away - my my, hey hey."
[...Und ich kaufte mir ein Neil Young-
und Nirvana-Shirt.
Als du später wegzogst brach ich heim-
lich
zusammen.
Du warst ein Polaroid im Regen...

hey hey, mymy

Was wir nicht können
ist irgendwas wiederholen
kein Augenblick kein Moment
kann sich je wiederholen.
Was wir nicht können
ist irgendwas wiederholen

wir können nicht zurück
und warum sollten wir auch?...]
...Das war die schönste Zeit,
weil alles dort begann und Berlin
war wie New York, ein meilenweit
entfernter Ort.
Und deine Tränen waren Kajal...]
Oh what ever never mind,
hab' letzte Nacht von dir geträumt
und von der schönsten Zeit,
da wo alles begann"

(-Bosse-„Die schönste Zeit")

Da bleibt mir nur noch zu wünschen:
„Einen wunderschönen Abend
und eine noch wunder schönere
Nacht...und verlauft euch nicht".

Euer Christian

Novelle1

Christopher Diehl
Zehn Jahre bezahlter Urlaub
Eine Novelle aus dem Studentenleben

Überarbeitete Neuauflage

Der Autor:
Christopher Diehl,
Jahrgang 1967, geboren in Wiesbaden.
Nach der Schule:
Kaufmännische Ausbildung
mit anschließender Tätigkeit in
verschiedenen Berufen.
Als Drogist, Büroangestellter, Verkäufer
bei einer Optiker Kette und vier Jahre
lang in einem Taxiunternehmen tätig.
Abitur auf dem zweiten Bildungsweg am
Abendgymnasium.
Studium der Kunst- und
Kulturwissenschaft mit
Magisterabschluss in Marburg
Nach dem Studium:
Projektmitarbeiter im Bildungsbereich.
Tätigkeit als Darsteller, Inspizient und
Regieassistent am Theater.
Danach als Autor, Dramaturg, Regisseur
und Darsteller.

„Zehn Jahre bezahlter Urlaub"
Ist sein Erstlingswerk im Prosabereich
und eine seiner Vorlagen
für sein literarisches Kabarett.

Demnächst…mehr von Christian

Novelle2
„*Der weite Weg nach Wien*"
Eine Novelle aus dem Künstlerleben

Die Geschichte geht weiter…